SHOGUN INFLAMABLE
SALVADOR LUIS

ELEKTRIK GENERATION

Nota: Esta edición definitiva de *Shogun inflamable* reúne los dieciséis relatos de la edición impresa peruana (2014) y los tres que formaron parte de la edición digital estadounidense (2015): «La Cosa del Pantano», «Lemmy Kilmister me lo dijo» y «¿Qué es la ciudad?». Se ha añadido, asimismo, el cuento inédito «Gore».

SHOGUN INFLAMABLE

ISBN-13: 978-0-578-84044-4

Imagen de cubierta: Jan Sadeler, "Infierno" (1590)
Ilustración interior: © José Óscar López, "El *shogun* inflamable" (2015)

Impreso en los Estados Unidos / Printed in the United States

Caballos,
caballos,
caballos,
caballos...

PATTI SMITH

Froilán, anthropophagus

Todas las mañanas me levanto temprano, gozoso, y siento aquella amable vocecilla en mi cabeza: «Buenos días, querido Froilán. ¿Café o té verde?» Vivo en el tercer piso de una edificación de tres pisos: un pequeño nido enraizado en una ciudad que se ha transformado en un pastiche (antes incluso de que surgieran aquellas otras ciudades pastiche, las prefabricadas y sin encanto). Aquí celebramos lo nuestro y lo de los demás en todos esos bulevares inspirados por el Barón Haussmann, en aquellos centros comerciales con olor a agua de colonia y talco para bebé de 200 gramos. En esta ciudad florecen las vidas artificiales, las vidas hechas a pedido telefónico, las conexiones inalámbricas. Y mi pequeño apartamento, aunque no sea tan bruñido como los esterilizados supermercados que me rodean, no es tampoco un gallinero de poca monta; mi casa simplemente es, así como yo soy a mi manera: este es el apartamento de un humilde antropófago enamorado de las canciones de los hermanos Carpenter. Un sentimental. Un romántico a la antigua que ha visto muchas películas con Audrey Hepburn y otras tantas con Barbara Stanwyck. Mi nombre en este viaje hacia la carne sin condimento es Froilán Gaspar Goyeneche, para servirles hasta que la muerte nos separe, o hasta que, tarde o temprano, los separe yo de sus orejas.

Justamente, permítanme hablarles de las orejas.

La única dificultad seria con la que tropezarán al hacerse de unas es la manera en que deberán cortarlas. Cuando yo empezaba en estos ministerios no tenía, desde luego, la pericia que he logrado con los años. Algunos antropófagos nos formamos en las canchas de la vida y no con la ayuda de un pedagogo experto, pero debo confesar que secretamente siempre deseé contar al menos con un manual para el aprendizaje de conocimientos básicos como la elección del instrumento punzocortante adecuado (yo prefiero los cuchillos para chef marca Sabatier, de navaja de 20 cm), o la manera más educada de congelar ciertos órganos, precisamente para que aquello que es tan preciado y arduo de conseguir no se eche a perder por simplezas como una mala incisión, o por almacenarse a la temperatura incorrecta.

Pensarán ustedes que poner a congelar un hígado es lo mismo que guardar el terso pie de un adolescente, pero déjenme decirles que hay una distancia bastante importante entre ambos. Aunque la carne es carne, cada pieza de ese confite adiposo que llamamos cuerpo (yo, la verdad, me deleito más con los vecinos y vecinas bien cebados, la carne magra se la dejo a mis colegas del Barrio Central) es un universo lleno de posibilidades, según la manera en que se conserve. Al respecto, conviene saber que cuando se abre el almacén de filetes y carnes, la temperatura interna de la nevera sube de 5ºC a 10ºC en una sola apertura, por lo que no es nada ventajoso abrir la nevera en exceso. Además, para conservar un pie y disfrutar luego de sus duras callosidades, yo recomendaría no más de dos días de congelación por debajo de los -17ºC, resaltando que la descongelación no debe realizarse en un horno de microondas sino al tiempo y sobre un plato llano de porcelana china.

Siempre digo que no existe mayor acierto que el de tratar la carne de los otros como si fuese la de uno mismo; en eso se basa lo que con los años he denominado «el arte». Y no hay arte, claro, sin un artista que reconozca la «nueva belleza» y la «nueva conjunción de la belleza», conceptos que varían diariamente y que trato con ardoroso empeño de no perder de vista, porque en ellos, aunque parezca simple parrafada, se halla la esencia del antropófago. Un antropófago artista, valga la mención, es aquel que reconoce la originalidad como el producto inextinguible del maridaje entre la herencia de lo clásico y la mixtura de estilos. Como todos los propósitos humanos, el propósito de cortar y comer orejas debe sin duda respetar dicha alianza. Por ello, y con toda la humildad que se requiere en estos casos, les pido prestar suma atención a estas pocas instrucciones:

Tomen primero del mentón la cabeza de su elegido

o elegida, con suavidad y sin despertar tensiones en la carne, pues la carne es siempre más jugosa si antes de hacer la primera incisión pronuncian unas cuantas palabras cordiales que resalten la delicadeza y la hermosura del cadáver favorecido, como si estuviesen hablando con una planta mientras la riegan. Sitúen el ángulo del corte detrás del hélix y tracen con ritmo uniforme una línea que llegue hasta la base del lóbulo (yo suelo escuchar *Rainy Days and Mondays* cuando lo hago para ponerme a punto y crear cierta atmósfera de apacibilidad en mis entrañas; Karen Carpenter siempre ha sido una suerte de bálsamo para mí). Una vez hayan trazado el corte y arrancado la primera oreja, procedan a envolverla con papel de aluminio y congelarla, después pasen a la siguiente. No olviden que es muy descortés, e incluso vergonzoso cuando tienen invitados a cenar, no cubrir la carne con papel de aluminio. Tengan en cuenta que la buena educación de un antropófago jamás permite el uso de papel toalla o bolsas plásticas, que son soluciones propias de un inelegante. Lo mínimo que pueden hacer si no cuentan con la bibliografía para el caso es revisar siquiera una página web especializada en buenas maneras y protocolos. En estas generosas épocas de Google, cuando todo se halla predeterminado y multiplicado por las comunicaciones en línea, es poco inteligente blandir aquella débil excusa de la omisión por desconocimiento.

Interior-Noche

André estiró el brazo y alcanzó un cigarrillo. Se disponía a fumarlo cuando Beca lo interrumpió:

—Me encanta verte fumar.

—¿Ah?

—Cuando lo haces te imagino como uno de esos *cowboys* de las películas. Tienes la pinta, ¿sabes?

—A mí nunca me gustaron los *westerns*. Solo indios contra vaqueros, y de vez en cuando una mina de oro. Ah, y zarzaparrilla; eso nunca falta.

—¿No te gustan los de Sergio Leone?

—Nada que involucre a Clint Eastwood puede ser bueno, Beca.

—A mí sí me gusta Clint Eastwood. Claro, no me gusta cuando hace el papel de Harry Callahan, pero en los *westerns* de Sergio Leone me llama la atención. ¿Tú a quién pondrías en su lugar? No me vayas a decir que a John Wayne, porque ese tipo era una tapia.

—Qué va. No pondría a nadie. No me importan los *westerns*. Y deja ya de hablar tonterías.

—¿O qué?

—O me tiro un pedo en tu cara.

—Qué puerco eres.

Ella se cubre el rostro con un cojín.

—¿En qué estás pensando?

—En que eres un idiota.

—¿Y qué más?

—En que cada vez que hacemos el amor soy feliz.

—Eso está mal.

—¿Ya vas a comenzar a hablar como mi madre?

—No seas tonta.

—¿Entonces a qué te refieres?

—A que cada vez que terminamos dices que te encantó.

—¿Y qué es lo que esperas que diga? ¿Que no siento nada?

—Ya. No me hagas caso. Estoy hablando por hablar.

—Qué imbécil eres. ¿Por qué mejor no le hablas por hablar a la otra Beca? Quizá ella te tenga más paciencia que yo. Hoy no tengo ganas.

—¿Otra vez te desdoblaste?

—Sí. Estoy en la cocina.

—Me gusta cuando te desdoblas.

—¿Te gusta que me desdoble o te gustan las referencias a Woody Allen?

Él se levanta y camina desnudo.

El gato lo mira.

La sirena de un patrullero... a l e j á n d o s e

—¿Alguna novedad?

—Ninguna. La otra Beca te aborrece. Como siempre.

—Tú no me aborreces. Me quieres, que es distinto.

—¿Piensas que te quiere mucho?

—Demasiado, creo yo.

—Sí. Yo también lo creo. Y no te lo mereces. Eres un hijo de puta.

—Lo sé.

—¿Por qué sigues con ella, entonces?

—Porque me gusta tu culo.

—Fetichista.

—No exactamente. A mí solo me gusta tu culo. Un fetichista tendría fijación con el culo de la vecina también, o con el de tu padre.

—Es lo mismo. Tú eres un fetichista de mierda.

Risa de hombre.

Él se incorpora y toma un durazno de la fuente de frutas. Lo muerde… el jugo del durazno resbala por las comisuras de su boca.

—Me gusta hablar contigo. Eres más cruda que tu otra tú.

—A ella no le gusta. La verdad es que ya no te aguanta. Cuando termines de comer ese durazno, la vas a jalar hacia ti y la lamerás sobre esa mesa. Y vas a besarla con tu aliento asqueroso, oliendo a durazno.

Risa de hombre.

—Clark Gable tenía mal aliento y besó a todas: a Vivien Leigh, a Jean Harlow, a Marilyn. Y en la vida real se acostaba con Carole Lombard. Carole Lombard era preciosa. Qué pena que muriese tan joven.

—¿Por qué hablas tantas estupideces? ¿A ti qué carajo te importa la muerte de Carole Lombard? Tú no sientes nada por nadie. A ti solo te importan los culos y joderle la vida a Beca. ¿Por qué se la jodes?

Silencio.

—Porque todo el mundo necesita joderle la vida a alguien al menos una vez.

—Eso es mentira.

—Piensa lo que quieras.

—Eres un maricón.

—No soy un maricón. Y está mal que me tildes de marica cuando lo que quieres decir es que soy un cobarde.

—Eres un maricón.

—Está bien. Llámame como quieras, pero ten en cuenta que son conceptos distintos, y que además a un maricón no le gustaría que me compararas con él.

—¡Beca debería subirse a un helicóptero y abandonarte en un muelle como si fueras Giancarlo Giannini!

Risa de hombre.

—Sería genial. Y luego podría gritarle desde abajo: «*Porca puttana!*» Oye, pero en esa película el catalizador de la historia no es la cobardía de Giannini, que hasta donde recuerdo era inexistente, sino la lucha entre clases: Giannini y Melato. El proletariado contra la alta burguesía. Nuevamente, el pobre sale perdiendo, y en esa película pierde por partida doble: Gianinni no solo continúa siendo un marinero miserable sino que además se queda sin la única persona que pudo haberlo hecho trascender.

—El personaje de Giannini tenía una esposa. Pudo haber trascendido con ella.

—Esa mujer era tan miserable como él. Dos miserables jamás llegarán lejos. Si esa película se hubiera alargado por cinco minutos más, la secuencia final nos hubiese puesto ante el suicidio de Giannini luego de haber estrangulado a su esposa.

—Vaya, por fin dijiste algo coherente.

—¿Te gustó la secuencia del suicidio? Qué morbosa eres, Beca.

—No. Lo que me parece extraordinario es que hables sobre parejas miserables porque eso es lo que tú y Beca son: un par de miserables.

—A mí me sorprende que hables así de Beca. Al fin y al cabo, Beca eres tú.

—Decir que Beca es miserable y que ama a un miserable no es hablar mal de ella; es aceptar una realidad.

—¿Amor? ¿Le llamas a esto amor? Dios mío, Beca, el amor es recíproco. Tú sabes muy bien que nunca te he amado. Deberías prestarle atención a tu madre. Ella te lo ha dicho más de una vez: yo no te convengo. Es más, no soy yo quien te busca. Tú vienes a mi casa porque te da la gana. Dime, ¿cuándo fue la última vez que te llamé? ¿Tres? ¿Cuatro meses? ¿Por qué no buscas un novio que te quiera? ¿Quieres amar? Pues cásate y empieza a parir.

Si esta fuera una película de Woody Allen, este sería un buen momento para el monólogo de Woody. Woody diría algo así:

«*There's an old joke. Uh, two elderly women are at a Catskills mountain resort, and one of 'em says: 'Boy, the food at this place is really terrible.' The other one says, 'Yeah, I know, and such... small portions.' Well, that's essentially how I feel about life. Full of loneliness and misery and suffering and unhappiness...*»

Luego citaría a Sigmund Freud, y haría referencias a libros de Jorge Luis Borges y películas de Ingmar Bergman. Beca regresaría al cuerpo de Beca. Y la cinta se fundiría en negro al empezar la primera nota de una pieza de jazz de Gerry Mulligan.

En virtud del estado actual de las cosas

Una hormiga censurada por la sutileza de sus cargas y por sus frecuentes distracciones, encontró, una mañana, al desviarse nuevamente del camino, un prodigioso miligramo.

JUAN JOSÉ ARREOLA

Conforme lo conversado en su despacho durante nuestra última visita, dimos inicio al proyecto de sanación introduciendo al animal en el recipiente de vidrio. En un principio, un período de no más de siete días, el gato respondió normalmente a los estímulos alimenticios que le suministramos por medio de la cánula, llámense sólidos disueltos o líquidos, sin presentarse algún cambio físico o psicológico que haya merecido anotación en el cuaderno. Sinceramente, somos de la opinión de que el animal, a pesar del espacio limitado y la frialdad del vidrio que lo acogía, se había acomodado estupendamente a su nuevo hogar, ya que solo intentó salir de la botella una vez en el transcurso de aquellos siete primeros días de confinamiento. Puede confirmar dicha conducta a través de las cintas de vídeo —pronto recibirá estas y el cuaderno de notas—, las cuales certifican la serenidad del animal en los días de la fase de aclimatación y su estado anímico en sucesivas etapas; a decir verdad, nunca pudimos convencernos de que su aparente tentativa de fuga fuese seria ya que al repasar las grabaciones de la primera semana llegamos a la conclusión de que pudo haberse tratado de un simple acto de estiramiento.

Luego de la fase de aclimatación, no obstante, empezamos a notar que tanto los incentivos alimenticios como los verbales (lo observará en los vídeos, mi esposa suele conversar con los animales y las plantas) dejaron de dar el resultado habitualmente esperado, puesto que el cachorro comenzó a rasgar las paredes de vidrio con una insistencia que se acrecentaba durante las horas nocturnas; los araños a la botella, asimismo, eran acompañados de esporádicos maullidos acordes a su edad, recordemos que se trataba de un animal con pocas semanas de nacido y que nunca había interactuado con sus padres. Tal y como usted lo predijo durante nuestras reuniones, se iniciaba así la segunda fase del experimento.

Inmediatamente, incrementamos las raciones alimenticias, que pasaron de ser dos diarias a tres y media: desayuno, almuerzo y cena, y un intermedio durante la tarde para administrar un refuerzo mediano. A pesar de que el aumento en los estímulos significó un mayor cuidado sanitario de la botella, en solo cuestión de horas fuimos testigos de un retorno a la estabilidad emocional que el animal había presentado durante el desarrollo de la primera etapa. En esa oportunidad, mi esposa registró en el cuaderno lo que copio a continuación: «El gato ya no araña.» Sé que durante las charlas en su despacho dudé en más de una oportunidad acerca de sus propuestas, pero debo admitir ahora que no se había equivocado respecto de la especie a encasillar; un gato es el animal idóneo para este tipo de ensayo, no solo por su higiene innata sino también por su disciplina para defecar en los puntos previamente destacados en la botella.

Fue exactamente tres días después del fin de los araños cuando nuevamente percibimos un trastorno en el comportamiento del animal. En aquel momento, intentamos resolver el problema adicionando otro refuerzo alimenticio entre las comidas, esta vez ubicándolo entre el desayuno y el almuerzo; al cabo de cuarenta y ocho horas de espera, sin embargo, no hubo recuperación aparente y llegamos a la conclusión de que la comida ya no surtía el efecto esperado en el cachorro. Asimismo, la caída anímica y la falta de actividad motora nos sugerían que la adición de alimentos era la real causa del letargo del gato. Volvimos entonces a una dieta más ligera, restándole dos incentivos, con lo cual el animal tan solo recibía las porciones correspondientes al desayuno, el refuerzo mediano de la mañana y el refuerzo mediano de la tarde. Para nuestra sorpresa este retroceso tampoco reavivó el motor interior del gato, que, a pesar de haberse aclimatado con éxito al medio ambiente de la botella, permanecía estacionario en el punto central del recipiente. Aunque este tipo de relajación apática es un estado común en los felinos de toda clase, nos intrigaba sobre manera el porqué de los nuevos maullidos —cabe resaltar que el cachorro mantenía los ojos cerrados mientras maullaba—. Si, como suponíamos, el animal estaba comportándose siguiendo sus órdenes genéticas, debía al menos abrir los ojos de cuando en cuando o moverse con algo de soltura. Después de unos cuantos días de deliberación y de repasar las cintas de vídeo de las cuarenta y ocho horas precedentes, mi esposa y yo convenimos que era necesario implementar la tercera fase del experimento. Según lo conversado, fuimos en busca del ovillo de lana.

El ovillo de lana fue introducido en el recipiente en horas de la tarde, antes del segundo refuerzo mediano del día. De forma inmediata el gato abrió los ojos y examinó el ovillo por un lapso que cronometramos en cuatro minutos. Luego de esta inspección, se acercó al nuevo incentivo y retozó con él por cerca de tres horas; el juego solo se vio estorbado por el último refuerzo del día, pero debemos mencionar que en aquella oportunidad el gato no terminó su última ración. Aparentemente, la presencia del ovillo de lana había sido suficiente estímulo para él, y como verá en las cintas de vídeo que le enviamos, este rechazo a las porciones de comida fue una constante a partir de dicho momento, pues el animal no volvió a depender de la cánula más que durante las horas fijadas para los desayunos y únicamente los días lunes, martes y viernes. Resulta una incógnita el porqué de este calendario; a pesar de ello, para nosotros era obvio que todo sucedía conforme lo que ya nos había advertido en las reuniones. Al cumplirse un mes y medio del inicio del experimento el gato retornó a su estado pasivo en la parte central de la botella, cerrando los ojos, solo con desayunos recorriendo su aparato circulatorio y, extrañamente, sin prestarle la más mínima atención al ovillo de lana. Mi esposa anotó en el cuaderno: «El gato ya no quiere jugar.»

Cumplidas las fases de la I a la III, preparamos un resumen

de lo examinado hasta la fecha y nos dispusimos a ejecutar la etapa final del ensayo. Para este propósito trajimos a la gata que habíamos dejado al cuidado de nuestra vecina durante mes y medio, un animal que había sido criado como un felino casero común, carente de privaciones de espacio o de reprogramación de incentivos alimenticios; salvo por la presencia de ovillos de lana en algunos pasajes de su crecimiento, las vidas de ambos gatos eran completamente distintas.

Al igual que sucedió el día de la introducción del ovillo, el primer contacto entre los animales se efectuó antes de la hora programada para la única porción de alimento que el cachorro todavía recibía. Siguiendo las pautas fijadas en nuestras reuniones, sellamos la botella, no sin antes eliminar la cánula y taponar los puntos de evacuación para evitar la entrada de oxígeno. De la misma forma, cubrimos el recipiente con una envoltura negra y lo colocamos dentro de una caja de madera que fue clausurada y almacenada en el sótano de la casa por un período de treinta días. Todo esto de acuerdo con el método.

Durante el tiempo de espera, al igual que en el mes y medio previo, mi esposa y yo intentamos vivir dentro de los límites de la cordura, tarea que se convirtió en una labor sumamente dolorosa teniendo en cuenta que el experimento se había transformado en nuestro único punto de equilibrio. Fue casi imposible desayunar en la terraza o intercambiar pareceres sin excitar una llaga entre nosotros. En aras del buen término del proyecto de sanación, tomamos la decisión de no estrangularnos, al menos mientras no se cumpliera el plazo de treinta días, y cada uno optó por subir a su automóvil y no volver a encontrarse hasta la fecha pactada.

[A partir de este momento el relato se torna más intimista.]

El día de la revelación mi esposa y yo nos citamos en el sótano de la casa a las cinco de la tarde; naturalmente, cada uno estaba listo para la peor desilusión o la más grande de las alegrías (confieso que en secreto había guardado una navaja en uno de los bolsillos de mi chaqueta y que no me fiaba de los ojos infantiles de mi mujer). Fue precisamente mi esposa quien abrió la caja de madera con una vara y cargó enseguida el recipiente de vidrio hasta una mesa que habíamos preparado para la revelación. En un principio ambos permanecimos parados frente a la botella sin articular una sola palabra, ninguno se atrevía a enfrentar lo que ocultaba el manto negro y mucho menos a tomar la mano del otro. Sinceramente, a mí me preocupaba lo que ella pudiera estar tramando y por un segundo estuve a punto de sacar la navaja de su escondite para cercenarle el cuello. Me contuve mientras hurgaba por ella. Si no lo hice, fue porque en ese preciso instante recordé las palabras que pronunció en su despacho, cuando nos recomendó mantener la fuerza de voluntad y darnos un último respiro hasta completar el proyecto. Creo que ella pensó lo mismo, porque vi cómo pateó hacia un rincón del sótano la vara de hierro que había empuñado segundos antes. A decir verdad, no sé si fue su voz o la mía en el último momento de entereza, pero creí escuchar el susurro de una palabra que fracturó levemente el silencio; me pareció que se trataba de la palabra «*respira*». Luego de un par de minutos, ambos nos acercamos a la mesa, tal y como dictaban sus instrucciones, y jalamos el manto a la misma vez…

Sé que usted debe haber escuchado esto decenas de veces y hasta le parezca trillada cada nueva consumación, pero debo decirle que el prodigio era cierto. Imperturbables. Serenos. Ambos gatos nos observaron desde el interior de la botella sin lucir perjuicio alguno, tal y como usted lo anunció meses atrás. Juntos habían sobrevivido a las privaciones más exigentes del método aplicado. Sin temor a caer en una exageración, le puedo asegurar que mi esposa y yo jamás podremos olvidar lo que ha hecho por nosotros. Nunca sabremos cómo retribuírselo. Desde aquella tarde no ingerimos alimentos ni respiramos. La verdad es que la falta de luz no nos lastima.

Esto no es una pipa, Magritte

…esto es Siouxsie & the Banshees en 1977 tocando «*Metal Postcard*». Es un grupo de noventa adolescentes atollado en un bar a las afueras de Hannover. Esto no es una pipa. Esto es *Mi abuelo dijo una vez que Adolfo Hitler era un héroe*. Lo dijo sin reírse, sin arquear los labios como esos maestros que tratan de demostrarles a sus alumnos que no perdieron el sentido del humor. Mi abuelo era un hombre que no tenía miedo de decir la verdad. Si bien su verdad era absoluta y propia, sus palabras no dejaban de ser espontáneas, salían de lo recóndito, del cuerpo de un viejo inválido que ya no podía orinar sin tubos incrustados a su cuerpo y sin una enfermera desabrida viendo telenovelas a su lado. Mi abuelo odiaba a su enfermera y por eso un día la empujó. La muy torpe se confió de él; su ingenuidad le costó el hijo que llevaba en el vientre. El abuelo dijo que ella se lo merecía, porque era fea, porque siempre sería una vulgar, una mujerzuela que se ganaba la vida jodiéndolo. Esto es *El día que en casa nos enteramos de lo que le había sucedido a la enfermera y mi madre acorraló al abuelo*. Él se defendió alegando que la muy estúpida lo quiso así, que era fea y vulgar, que a veces le mostraba sus senos para provocarlo cuando sabía muy bien que él ya no podía excitarse, como cuando era joven y se acostaba con las amigas de la abuela, o con las vecinas que pedían ayuda para desatorar una cañería llena de pelos y sarro. Él las apoyaba sobre una mesa y les arrancaba las faldas, jalaba sus calzones hacia un lado para penetrarlas hasta que algún imbécil tocaba el timbre buscando una dirección incorrecta o preguntando por el dinero del arriendo del piso. Esto es *Enseguida el abuelo tomó el brazo de mi madre, y con aquella fuerza que acumulaba en secreto, apretó con tanta furia aquella piel blanca que el cuerpo de mamá pareció asfixiarse de golpe*. Le sugirió que no se metiera en sus asuntos, porque si seguía atravesando el hocico donde nadie la llamaba, él acabaría perdiendo la cabeza. Esto no es una pipa. *Es Antes de que el abuelo terminara de intimidarla, la sangre empezó a brotar.* Yo ya había sacado el cuchillo de su cuello y empezaba a clavarle una segunda puñalada en el lugar donde creía que se hallaban sus pulmones. Sin duda el abuelo asumió lo que había ocurrido ya que no pareció pasmado por culpa de mi maniobra, sin embargo alcancé a escuchar lo que parecía una maldición venida de su propio infierno, que se confundía entre el sonido de la carne tajada y el pesimismo de mamá gritando en mi contra. No sé si fui yo quien derribó al abuelo o si se debió al efecto del forcejeo entre nosotros, o tal vez la sola rendición del viejo, herido como estaba y hastiado de todo, pero recuerdo haber pisado su mano y estar a punto de tropezarme con su cabeza mientras mamá intentaba arrebatarme el arma. El abuelo aún estaba vivo y repetía que Adolfo Hitler era un héroe, lo susurró hasta quedarse callado. Esto es *La voz de mi madre me molestaba mucho.* Pateé sus piernas para que de una vez por todas me dejase en paz, asegurándome de que al caer se golpeara la columna o al menos un hombro, sucedió lo segundo y lo primero en dosis casi simultáneas. Cuando la supe inmovilizada a causa de la sacudida, la cubrí con la vieja manta sobre la que el abuelo solía arrojar cuando la carne no estaba cocida a su gusto. Guiado por la compulsión, la até también con el cinturón de cuero que ajustaba mis pantalones. Mamá gritó suéltame, desabrocha esto, no puedo respirar. Esto es *En seguida me marché.* Esto es lo que me dijo René después de darle un beso. Dijo: «esto no es una pipa, es un maestro de escuela.»

La Dama Mamut

Tenga usted muy buenos días, señora Armand. Mi nombre es Isaac Bartholomew, representante de The Mammoth Lady, empresa dedicada a la confección a medida, con treinta y cinco años de experiencia en el ámbito nacional y más de cinco décadas desfilando sus creaciones por toda Europa Occidental, América del Norte y Australia. Durante esta semana, The Mammoth Lady se encuentra realizando promociones especiales casa por casa en este vecindario. Nuestro más reciente estudio de mercado ha arrojado cifras potenciales en los cuadrantes Amarillo 3 y Amarillo 4 (nomenclatura técnica, desde luego, no se moleste en memorizarla; no merece la pena que pierda su tiempo en detalles tan poco esenciales), y, coincidentemente, su casa (señora Armand, dicho sea de paso, tiene usted uno de los jardines más encantadores que me ha tocado cruzar, me recuerda una pintura de Jheronimus Bosch, de esas que ya no se ven si no es en el museo central de un principado); su casa, decía, está justamente ubicada en uno de los cuadrantes seleccionados por nuestros expertos, el Amarillo 4, para ser puntual. Descuide, ya se lo dije, es solo una descripción corporativa. Para nosotros, los representantes de carne y hueso de The Mammoth Lady, los clientes, aunque preferimos llamarles amigos, los amigos jamás serán meras combinaciones alfanuméricas sino personas, señora Armand, ante todo seres humanos; respetables, con las ilusiones y las aspiraciones más caritativas. Démosles las gracias, más bien, ya que viene a colación, a los ingeniosos urbanistas que hace tres siglos planearon los hitos y recovecos de esta ciudad con la bendición que es el plano cartesiano. Sí, señora Armand, una bendición, la misma que nos permite, trescientos años después, encontrarnos frente a frente en la coordenada precisa, en una ocasión verdaderamente grata, ciertamente significativa y, si fuera creyente, diría que hasta santa. ¿Se imagina lo que hubiera sido de nosotros si residiéramos en una de esas urbes sin plan urbanístico? ¡Cómo llegaríamos a nuestro destino puntual sin la ayuda de las coordenadas! Antes de que diga algo, permítame obsequiarle este prodigioso *gadget*; tenga usted,

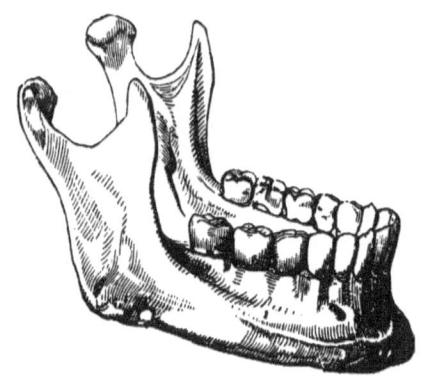

muy útil para descorchar botellas de vino. No hace falta más que observarla para saber sin el menor titubeo que usted es una dama tamizada, con mucha clase, claro que sí. Es obvio, señora Armand, se percibe en las líneas de su fisonomía: pómulos helvéticos, ojos mediterráneos, ese cabello lacio resultado de siglos y siglos de civilización, un cabello jamás bárbaro, jamás destructor de teatros ni bibliotecas; sus antepasados nunca incendiaron libros, señora Armand, que no se lo digan las malas lenguas. Usted desciende de gente ilustrada, sin duda, de la Academia, togas, positivistas, seguramente la *Crítica de la razón práctica* se encuentra sobre su velador, no dudo que la lea todas las noches. Al igual que no dudo de su tradición por el buen beber. Por esa razón, como le indicaba antes de mi preámbulo, con este prodigioso *gadget* podrá descorchar los excelentes licores de su bodega, los tintos, los blancos, los de las abadías; sí, señora Armand, usted ya puede considerarse una amiga de The Mammoth Lady. Evidentemente, esta no es cualquier amistad, señora. The Mammoth Lady, y anote mis palabras, está para servirle. No sé si sería mucha molestia que le robase otros cinco minutos de su tiempo para referirle los milagros de nuestra compañía. Le aseguro que no se arrepentirá; no por nada he sido premiado con varios diplomas institucionales —Mejor Representante de Marca 1973, Mejor Locutor al Servicio del Cliente 1981, por citar solo dos de ellos— que reconocen la dedicación con la que asumo mis labores profesionales. Adelante, acomódese en ese sofá tan selecto, es de terciopelo, ¿no?, sin duda, como los de algunos palacios episcopales, mientras yo sujeto la puerta. Las damas primero, pase usted. Le decía entonces que The Mammoth Lady está a su servicio. Nuestra empresa, simple y llanamente, es capaz de realizar cualquier fabricación a pedido, señora Armand. Nos debemos a una clientela muy exigente, conducida por gustos muy bien definidos. Como podrá apreciar en este nuestro catálogo para el segundo trimestre del año en curso, todos nuestros modelos son únicos y preparados con atención quirúrgica. Fíjese en ese corte transversal, la caída del hombro izquierdo, que permite un balance corporal distinto al de productos menos elaborados. Sus amistades quedarán maravilladas al verla pasear con una creación como esta, señora Armand. Por supuesto, sé lo que debe estar pensando, estos parecen diseños muy laboriosos, y sí, no se lo voy a negar, nuestras creaciones requieren un mínimo de tiempo de elaboración; sin embargo, y vuelva a anotar mis palabras, le aseguro con el sello de garantía de The Mammoth Lady que sesenta días laborables después de haber hecho su pedido tendrá usted en sus manos aquella creación única y exclusiva que su imaginación y su gusto refinado elijan. Nuestro proceso, meticuloso y en constante innovación, nos permite estar a la delantera de las demás empresas del rubro, todo debido a una filosofía ejemplar de servicio al consumidor que resalta antes que cualquier otra satisfacción el contentamiento de ustedes, señora Armand, nuestros amigos. Basamos nuestro trabajo en la habilidad de los equipos de diseñadores y creadores más destacados del medio. Seguramente habrá oído hablar de una de nuestras reconocidas confeccionistas, la señorita Agnès-Marie Caron, quien ha sido entrevistada en varias ocasiones en magazines televisivos y a quien recientemente le dedicaron un *exposé* en la revista *La Lanterne Magique*. Precisamente este, el modelo Dépravé III, es su última creación. Sé que su ojo es de una naturaleza exquisita, señora Armand, pero déjeme señalarle dos aspectos que a mí, personalmente, me dejan boquiabierto. Este detalle es uno de ellos. Como se habrá dado cuenta, el modelo Dépravé III se asemeja a una larva agigantada, cuenta con las características clásicas del estilo de la señorita Caron, que son las fibras capilares prolongadas y el dobladillo en el área torácica, pero lo que me parece digno de admiración es, por un lado, la completa eliminación de los rasgos faciales, ¿enigma?, ¿arcano?, y, por el otro, la parafernalia en negro para el ritual sádico. No sé si ha reparado en la variedad de tijeras, agujas y pinzas que sirven de accesorios a este modelo. Tenga usted, obsérvelas, todas ellas herramientas listas para progresar en el arte del suplicio. A pesar de que una de nuestras principales virtudes es la exclusividad de nuestros diseños, si usted desea pedir algunos de los accesorios de otros modelos, como por ejemplo las pinzas del Dépravé III o el arpa del Cerbero Nubio, podemos adicionarlos a su pedido base por un costo asequible. The Mammoth Lady, ya se lo he mencionado antes, señora Armand, desea sobre todo su satisfacción y que la revelación de nuestras creaciones le signifique una puerta hacia una vida menos predecible, en la que tanto usted como sus familiares puedan gozar plenamente de la belleza de una obra de arte, en este caso del modelo único que usted solicite y que fabricaremos siguiendo cada una de sus especificaciones y antojos. Como suele decir nuestro presidente y fundador, el señor Gary Leekee: «The Mammoth Lady no ofrece los raros caprichos de la naturaleza sino aquellos deseos de la imaginación del hombre.» No todas las aguas discurren sobre la superficie, señora Armand, también las hay subterráneas. Esas aguas más íntimas son las que nuestra compañía se encarga de liberar. Traemos a la vida lo desconocido, señora. Ahora bien, déjeme hablarle acerca de nuestros precios. Tenemos una amplia gama de planes de financiamiento basada en el tamaño, olor y flexibilidad de nuestras creaciones. Si usted, por ejemplo, desea un modelo pequeño, de masa pausada y capaz de generar ciertas secreciones menores, le convendría registrarse en el Plan 1, que además comprende un seguro de salud de seis meses. Es un poco más costosa la inclusión de orina o de sangre, sin embargo, el Plan 2, para criaturas medianas, es una excelente opción en estos casos. Los modelos más demandados, como se habrá dado cuenta, son los de la señorita Agnès-Marie Caron, y solo pueden ser solicitados en…

Territorial Pissings

Los que no queríamos a Kurt Cobain nos reuníamos en la parte este del parque, al lado de los columpios. Éramos solo Sophie, Theobald y yo, cuatro gatos menos uno, pero a veces nos rodeaban niños gordos con una pelota de fútbol americano y también Albuquerque, que siempre nos pedía una lata de atún y se rascaba los testículos como si criara una tropa de pulgas dentro de sus pantalones. En el lado oeste del parque, cerca del reservorio de agua, se juntaban los Francesbean.

Sophie tenía una pequeña radio a pilas con la que pasábamos gran parte de la tarde escuchando canciones de Love and Rockets. Theobald y yo traíamos bolsas de patatas fritas y latas de soda, también lápices para dibujar. La culminación de nuestro juego era ilustrar mil veces el asesinato de Kurt Cobain, desde todos los ángulos posibles, tratando de imitar el estilo de Frank Miller cuando dibujaba para Dark Horse Comics. Cada vez que terminábamos un dibujo, hacíamos una fotocopia y la amarrábamos a una piedra, y luego nos acercábamos a la casa de uno de los Francesbean para quebrar la ventana de su comedor.

A diferencia de nuestro grupo, los Francesbean creían en la teoría del suicidio de Cobain, confiaban en la historia oficial y en el mito. Nosotros, en cambio, sabíamos bien que Cobain no merecía adoración alguna, y que esa idiota de Courtney Love había contratado a alguien, seguramente a un pulgoso tan inmundo como Albuquerque, para darle un plomazo en la boca y convertirse de ese modo en la legendaria viuda de la Generación X, una generación de niños divorciados de sus padres que pensaba que todo se aprendía captando la señal de MTV a la medianoche.

Antes de convertirse en uno de nosotros, Theobald fue un Francesbean que se hacía llamar In Utero. Sophie y yo lo odiábamos tanto como odiábamos a Lithium, a Polly y al estúpido de Dumb. Un día, un poco antes de recoger nuestras mochilas para regresar a casa, lo atrapamos tratando de robar el álbum donde guardábamos los dibujos originales. Sophie le partió la cabeza con una roca mientras yo sujetaba sus brazos y el puto marica chillaba como un cerdo a punto de convertirse en tocino. Después de aquella crisis, In Utero no fue bien recibido por el bando de los Francesbean. Cuando intentó volver, Polly y Lithium lo golpearon y lo patearon hasta dejarlo tendido en la tierra del parque, casi sin aire. De ahí en más In Utero perdió su nombre y se convirtió en el primer paria oficial de la zona.

Albuquerque fue quien nos alertó de su presencia días después, nos dijo que se hallaba cerca de donde saltaban los niños gordos. Pensábamos que In Utero venía nuevamente por el álbum y nos preparamos para quebrarle los dedos; al acercarse a nuestra guarida, sin embargo, alzó desde la distancia una hoja de su libreta. Era el dibujo de un feto decapitado con el rostro de Kurt Cobain, desangrándose a los pies de la virgen que lo había malparido. Fue entonces cuando Sophie se acercó a Theobald y le dijo que si en verdad quería ser uno de nosotros, y aprender a dibujar perfectamente las muertes de Kurt Cobain, debía primero arrodillarse y olisquearnos los culos.

Gore

Es un cliché:
La noche.
Un granero abandonado y enmohecido, y la idea de que todo empieza siempre con una motosierra.
(Que todo deriva de una motosierra).
Como en las malas películas.
Así de vulgar y corriente.
Y por eso andas tras los pasos de Henry McLintock.

Te tiemblan las manos con la agitación de los dientes de la máquina, las vibraciones y las rotaciones de las piezas del motor. Entiendes que no son los temblores del miedo, sino la manera inclemente en que las cosas fluyen, el modo en que los movimientos tenues y las oscilaciones de los árboles intervienen también. La noche implacable, «el alrededor». Te importa poco el factor sorpresa porque sabes que tienes el coraje para hacerlo. El cosmos eterno y silvestre, diluyéndose entre las sombras largas de los pinos y el viento que sopla desde del norte, formando una maraña.

La maraña es otro cliché.

Has conducido desde Newton hasta Twiggs, en el mismísimo corazón del estado de Georgia. Un condado de tan solo ocho mil habitantes, con algunas casas de dos pisos, con un pequeño palacio de justicia para impartir justicia a los hombres blancos. Las contaste y no llegaron a ser ni dos horas por carretera. El llegar a Twiggs, sin embargo, fue como anclar en una novela apática, en la que nada sucede y en la que todo se hunde en el mar, y caes en la cuenta de que es el lugar perfecto: un condado minúsculo que los hombres no extrañarán cuando el mundo se acabe, el rumor espiritual del bosque, la cólera de una mujer que descubrió la verdad.

En esas circunstancias, te preguntas dónde está Henry McLintock. Sientes que la pregunta emerge de tu boca extática sin siquiera brotar de ella —todo tan anunciado gracias a la tensión y la fórmula—, e intuyes de ese modo tan absurdo que se trata de otro tópico y de otra deplorable película gore:

Henry McLintock, ahora más que al principio de tu exploración, es solo una excusa argumental, un elemento insulso de la atmósfera vacía.

No sabes si ha escuchado tus gritos y te está observando, o si busca un hoyo donde guarecerse, pensando que podrá escapar de ti. Puedes divisar su auto destartalado no muy lejos de donde te encuentras, tocar el capó con tu mano libre y sentir el calor de la combustión apagándose poco a poco, la calidez que aún no huye del metal. Así confirmas que Henry McLintock se encuentra cerca, y que no ha pasado mucho tiempo desde que llegó a esta vieja granja, a este viejo granero donde alguna vez fue un niño con un mejor futuro: en las tierras donde sus abuelos sembraron pepinos y cebollas de primavera, antes de la incapacidad y el alcoholismo que gobernó a sus padres.

Pero tú lo conociste cuando ya era un bueno para nada.

Y le diste de comer y de beber porque ayudar a un desperdiciado te hacía sentir como una persona recta y valiosa.

Se acostaron muchas veces, mientras tu niña, la única riqueza que te quedó del matrimonio con Logan, escuchaba los gemidos y los gruñidos desde su apretado compartimento en la casa rodante.

La pequeña Liz se tapaba las orejas con la almohada cuando te oía decir groserías, cuando Henry McLintock movía su pelvis hacia adelante y hacia atrás y repetía tu nombre como un chico maldito y desesperado sobre el lino gastado del sofá cama.

Para ese entonces, él ya era un ser sin esperanzas y venido a menos, pero te gustaba su compañía porque considerabas que a pesar de su falta de ánimo no era un hombre duro, porque incluso en los momentos más vulgares, cuando solo se dedicaba a ver pornografía a tu lado y a recrearse con las acciones más innobles en la pantalla del televisor, jamás te llamaba puta ni mujerzuela.

Pero eso fue antes de que supieras la verdad.

De pronto, sientes un ramalazo en la nuca y caes al suelo, partida en dos.

Un hacha te ha amputado la cabeza.

Es un cliché, claro.

Otro cliché sexista de las malas películas de miedo, pero el punto común debe ahora prolongarse, y por ello la motosierra que sujetabas hasta hace pocos segundos continúa temblando rabiosamente. Inútil en estos momentos, el cerebro ya no puede comunicarse con los dedos y suspender la orden previa.

No importa que en la vida real sean necesarios múltiples golpes certeros con un hacha para amputar una cabeza ni que el horror gore de los efectos especiales de las películas nunca derrame profundidad ni lógica, que sea, como dicen algunos, «gratuito».

Ya nada de eso importa.

Nada que desmerezca el recorrido de este burdo relato importa.

Porque ahora puedes escuchar la voz de Dios.

Y la voz de Dios suena igual que el espíritu del bosque.

*

Que tu cuerpo decapitado haya sido arrastrado hasta el granero y triturado en una vieja astilladora es también un cliché. Los residuos de hueso y tejido, y la sangre que riega la hierba del campo, reafirman lo mismo.

*

Que tu cabeza pueda aún pensar con libertad y filosofar dentro de una bolsa de basura, sin embargo, no lo es.

*

Tu cabeza amputada piensa en Liz, de ahora en adelante sola en el mundo y a merced del hombre que socorriste.

Recuerdas los peldaños que hace unos días te llevaron a una pequeña cámara construida en el subsuelo de esta misma granja, donde Henry McLintock fundó una pequeña mazmorra dedicada al castigo corporal.

Sospechaste por primera vez de él cuando desapareció la segunda niña de Newton, cuando Henry McLintock empezó a inventar excusas poco creíbles para no dormir en la casa rodante.

Su pene, te diste cuenta también, tenía un olor disparejo, olía a una repentina mistura de sangre seca y sudor. Henry McLintock estaba cada vez más enojadizo cuando le pedías que no se levantara del sofá cama. Te rechazaba diciendo que sus amigos lo esperaban en un bar.

Entre el rapto de la tercera y la cuarta niña de Newton, notaste que observaba a Liz, mientras la niña se cambiaba con la puerta del pequeño compartimento entreabierta.

Fue entonces que conectaste los puntos, las deducciones te parecían inverosímiles. Y tomaste la decisión de seguir a Henry McLintock para comprobar si en realidad tus sospechas eran justas.

Un viaje de casi dos horas hasta el condado de Twiggs.

Ahí, enmudecida y escondida por los matorrales, descubriste la granja abandonada de la que tanto te había hablado, la que pensaba venderle a un amigo que en realidad no existía.

Viste a Henry McLintock entrar y salir de la construcción en un par de ocasiones, y cuando brotó de la boca del granero por última vez, cargaba consigo un bulto que acomodó en la maletera de su auto.

Otra escena predecible.

Lo que encontraste al indagar posteriormente en la tierra

pajosa del granero fue una puertecilla, y vinculada a ella una gruta creada por la mano del hombre: una serie de imágenes que en las malas películas solo deriva en la repetición de un tópico.

Avanzaste resuelta, respirando un aire al que no estabas acostumbrada y alumbrando tus pasos con la luz del teléfono, y al alcanzar una cámara rectangular (caldeada y apestosa), te detuviste, porque viste algo que te resquebrajó:

La estantería. La colección de frascos de vidrio. Las lenguas necróticas y los dedos mutilados.

Vomitaste por puro reflejo instintivo, como si tuvieses que arrojar al mismísimo diablo de tu vientre.

En ese momento —aquel fue el momento que definió tu marcha y tu porvenir en esta tierra barrida por el abandono— decidiste acabar con la vida de Henry McLintock. Te convenciste de que un hombre así, un hombre que coleccionaba recipientes de carne muerta y desnudaba a las niñas, no debía vivir ni siquiera en una prisión.

Estabas horrorizada por el hallazgo, pero imaginabas que pronto podrías embestirlo en el subsuelo de la granja y salvar a tu hija, y a las hijas inocentes de otros moradores de Newton.

En ese reiterado cliché de las malas películas, en el descuartizamiento del villano de la historia y el resplandor de la justicia poética, piensa ahora tu cabeza decapitada.

El Cerebro y El Autómata

Acerca de El Cerebro se ha indicado en el reporte distribuido hace una semana que rara vez requiere lubricación y que su nuevo diseño se ajusta a las cláusulas aprobadas recientemente. Hoy, no obstante, asumiremos una postura menos programática al respecto ya que nos encontramos en un día de holgazanería e indolencia.

Después de varios años bajo su tutela, resulta correcto advertir que en este instante y en esta habitación El Cerebro no es un diafragma, al menos no un diafragma como los que se instalan en las cámaras fotográficas y en el imaginario común y corriente de las personas. El Cerebro, si tuviésemos que definirl@, es en este instante una vulva, esa es la forma que algunos le hemos dado para facilitar la transmisión de sus mensajes y serosidades, pero es necesario aclarar que al decir que se trata de una vulva solamente nos referimos a una manera de definirl@ en relación al día de hoy y a este espacio, y que si hay algo cierto en el mundo contemporáneo es que en realidad no existe una sola definición para cada cosa que existe (aunque en este contexto una afirmación semejante parezca contradictoria).

Tomemos el caso de El Autómata, por ejemplo. El Autómata es para algunos de nosotros una llave que abre ciertas puertas del octavo piso de un edificio ubicado en el cruce de la Avenida Constitución y la Avenida Nicolás Ende. Eso es lo que entendemos por El Autómata; sin embargo, dicha definición es solamente posible para determinados participantes, ya que es innegable que El Autómata posee otras formas y funciones dependiendo de quiénes l@ imaginan o invocan en el transcurso del día. Basta decir que en algunas oportunidades El Autómata se ha presentado en forma de teléfono de disco y también como una orquesta de cuerdas, y que otras veces ha calcado la composición corporal de un niño mordiendo el cuero cabelludo de su madre o de un silbato de metal en la boca de un acróbata que hace piruetas en lo alto de una carpa.

La morfología del El Autómata, al igual que la de El Cerebro, es variable, mutable, no es estática bajo ninguna condición (aunque en este contexto una afirmación semejante parezca contradictoria), y quienes participamos en esta dinámica de grupo somos testigos a diario de dicho fenómeno de maleabilidad y expresión continua. Nadie, desde luego, está inhibido de experimentar ni sus cambios ni sus posibilidades de crisis y mudanza. Así como El Autómata cambia y se convierte en El Autómata, El Cerebro también pasa de una conceptualización a otra conceptualización, esa es la única garantía que tenemos y la salvedad que nos hace seguir formando parte de este recorrido y de este gran sistema de arterias.

Tendencia mundial

Creo que lo que más me intriga de esta reciente atención es la manera en que miles de personas que no conozco especulan acerca de mí como si hubieran sido mis compañeros de juego desde la niñez. ¿En verdad creen saber quién soy o solo buscan venderme una *performance*? Hay un muchacho, sin embargo — supongo que es un muchacho, evidentemente no puedo estar seguro de ello a través de la pantalla— que con mucha tenacidad trata de mantenerme en la senda correcta, lo hace cada dos minutos con un tono bastante solidario, distinto del que usan quienes me insultan o quienes piensan que he cruzado una línea. Este muchacho no es como el resto de tuiteros que viene siguiéndome desde hace veinticuatro horas, se parece más a un hermano perdido o al hermano que nunca tuve. Suele circular todos mis pensamientos y hasta mis bromas obscenas con un deleite poco usual. Incluso me felicitó hace un rato cuando hablé sobre los pelos de las axilas del viejo y de cómo los arranco con unas pinzas cuando estoy un poco aburrido.

Aunque no puedo afirmarlo del mismo modo que sí puedo confirmar mis veintisiete años y el hecho de estar a punto de arruinarme, me gusta pensar que CriaturaAmbidiestra en verdad entiende todo lo que publico en las redes sociales: de dónde vengo, cuánto he caminado espiritualmente, hacia dónde espero viajar después de lanzar el último tuit que, según mis cálculos, llegará en solo cuestión de horas. Porque para mí no habrá mañana más allá del día de hoy. Todo lo empecé hace un día precisamente para acabarlo con ese sonido plástico de la tecla que representa el punto final.

Este muchacho es distinto porque no me sigue por morbo ni se burla de mí, tampoco quiere darme lecciones morales. Cada vez que he sido débil y he querido borrar alguna de mis entradas en estas veinticuatro horas él ha estado ahí, retuiteándome instantáneamente, evitando que en un lapso de cobardía pueda volver sobre mis pasos y suprimir las palabras que deben quedar plasmadas en la red para que todo el mundo las lea. Él no quiere que me desvíe ni que eche a perder lo ganado, lo dijo esta mañana de la manera más genuina: «Es un momento glorioso, aunque algunos no te conozcan de verdad.»

Es solo por CriaturaAmbidiestra que todavía sigo comunicándome. Pude haber terminado con todo esto el día de ayer. Originalmente no pensaba alargar mis mensajes más de siete u ocho horas, sorprender a todos hacia las once de la noche con el acto final, pero sin saberlo él me ha dado una razón para superar lo planeado; quiero que CriaturaAmbidiestra y otros como él —aquellos que se mantienen en el anonimato pero que también lo entienden— sientan que no he hecho todo esto sin pensar en el desenlace, que a pesar de la angustia que la forja y la artificialidad del procedimiento, esta secuencia de tuits tiene un horizonte claro e intenta sembrar una reacción. Quiero decirles que al castigar al viejo no estoy alimentando un vicio sino espantando una pena. Si destruyo el cuerpo del viejo y tuiteo mis avances, es porque en otra vida a mí también me lastimaron hasta dejarme vacía. Yo también fui mujer, aunque ahora parezca difícil entender a lo que me refiero.

En aquella época no estaba segura si debía cumplir sus órdenes o abandonar a Samuel en la silla de ruedas, alejarme de casa como tía Carol me había aconsejado tantas veces cuando la visitaba a la hora de la merienda para preguntarle cómo estaba. Ella tocaba mis mejillas pidiéndome que dejara de vivir con Samuel, que me fuera de esa casa en la camioneta antes de que Samuel me hiciera un daño que nadie pudiese reparar, muy lejos, a un lugar donde fuera posible empezar de nuevo y trabajar en algo que en verdad me hiciera feliz. Porque tía Carol decía que todavía había tiempo de huir y de ser feliz en alguna parte. Lejos. Muy lejos de los puñetazos y de los insultos de Samuel. Lejos de la muerte y del martillo que podía quebrarme la quijada o los dedos.

Ya no lo recuerdo bien ahora, pero según tía Carol yo solía

consolar a los niños del vecindario y alguna vez también quise ser maestra. Ella pensaba que debía dejar de arruinar mi vida refregando la ropa interior en detergente barato o limpiando la ingle de un hombre que solo sabía maldecir a su mujer. Samuel era un inválido enojado con el mundo. Y en ese mundo que lo enfurecía hasta inflamar sus ojos como dos pequeñas bolas de fuego me encontraba yo también, hundida, aplastada entre sus paredes.

Lo vi masturbarse tantas veces con las películas de David Lynch, muchas veces con las mujeres que muestran sus pechos en todas esas películas de David Lynch. La piel de su pene se lastimaba por culpa de la fricción y entonces ya no podía volver a tocarse porque aún no había sanado, y se enfadaba conmigo como si mi mano tuviese la culpa de toda esa fricción y de toda esa piel viva.

Samuel hacía apestar la casa desde el día que lo conocí, antes de que cayera de lo alto de un poste de electrificación y su espalda crujiera porque el arnés que llevaba puesto era muy viejo para aguantar el peso de un hombre. Ya apestaba antes del accidente y no dejó de oler mal desde aquella vez; nunca dejaría de apestar aunque su vida fuera muy larga y recibiera cientos de miles de lecciones de aseo para lavarse los sobacos y los dedos y las uñas de los pies. A mí eso me molestaba mucho pero jamás pude evitar que Samuel despidiera el olor que llevaba impregnado, mezcla de sudores y grasas y del odio hacia todas las personas que se alegran cuando el día empieza y hacia las camareras que antes de llenar un vaso con agua helada recitan atentamente los especiales del día: mezcla del odio hacia todos los negros y hacia todos los homosexuales y hacia los hombres que permiten que sus mujeres hablen cuando no se les ha dado permiso de dirigirse a los demás.

A veces me pregunto cómo es que caí en esa fosa de la que ya no tenía ánimos ni fuerzas para poder escapar. También me pregunto cómo es que Samuel y las películas de David Lynch se hicieron uno en la sala de proyecciones del cineclub. Jamás lo pude entender. Él era una persona ignorante y siempre vivió trepado de aquellos postes de electrificación, como un mono en la jungla; cinco veces a la semana en aquellos postes antes de que su espalda crujiera. Estoy segura de que no entendía a David Lynch porque nunca he conocido a alguien que entienda a David Lynch, ni siquiera los muchachitos aquellos del club de cine que hablaban de encuadres y de planos secuencia y de directores de fotografía (a veces pensaba que eran una completa farsa y que solo llenaban sus vidas de nombres y palabras que nadie utilizaba para llamar la atención; como esos otros muchachos que un año antes formaron un grupo para cazar un monstruo que decían vivía en las montañas).

Ni siquiera Ricky entendía a David Lynch. Ricky era el presidente del cineclub y todas las semanas pegaba panfletos fotocopiados en los restaurantes y comercios del pueblo. Yo le pregunté si lo entendía y me dijo que no, que a David Lynch no lo entendía nadie y que él prefería las películas de *zombies*, sobre todo las de un tipo que se apellidaba Fulci, un italiano que ya murió. Decía que los italianos salvaron los *westerns* y las películas de *zombies*, y que en nuestro país les debíamos el haber rescatado ambos géneros. Yo no le hacía mucho caso porque me aburría bastante esa clase de películas. La verdad es que los ratos en el cineclub solían estar llenos de mutilaciones y canciones tétricas que usualmente me hacían dormir.

Una vez Ricky hizo una «Maratón de los clásicos del Cine de Muertos Vivientes», así la llamó en el panfleto de aquella semana, y yo realmente llegué a cansarme sentada en la pequeña sala donde se presentaban las funciones. Fueron ocho horas de «clásicos», desde las 6 p.m. hasta la madrugada del siguiente día. Ricky empezó la maratón con un discurso acerca de ese tipo que se apellidaba Fulci y de cómo los italianos habían salvado el cine de *zombies* y también el género *western*. Porque, según Ricky, los italianos sí sabían «ensangrentar la pantalla», así lo dijo, «ensangrentar la pantalla», y luego abrió una mochila negra en la que guardaba varias cintas de vídeo y encendió la videograbadora y el televisor donde ponían las películas auspiciadas por el cineclub. Antes de ver la primera de ellas nos recordó que él y su amigo Eddie estaban juntando dinero para grabar su primer cortometraje, que iba a narrar en *flashbacks*, así lo dijo «narrar en *flashbacks*», la historia de un hombre común y corriente que desaparece después de jalar el inodoro y ser tragado por un vórtice en el «espacio-tiempo». Yo no estaba muy segura de haber entendido de qué trataba la película y aquello del vórtice tampoco lo entendí (en aquella época no sabía qué era un vórtice), pero a pesar de todo quise darles un donativo porque eran buenos muchachos, y lo hice cuando Samuel leía el folleto de los «Clásicos del Cine de Muertos Vivientes» que la hermana de Ricky acababa de repartirnos a las seis personas presentes en la función del cineclub.

De todas esas películas de *zombies* la que en verdad me impactó fue una que sucedía dentro de un centro comercial, se llamaba *El amanecer de los muertos vivientes* y había sido dirigida por un tal George Romero («George A. Romero», solía decir Ricky), una especie de maestro del cine de *zombies* que había hecho toda una saga dedicada a ellos. La escena que más me llamó la atención fue cuando el novio de la heroína se convirtió en *zombie* y quiso tragársela cuando él ya no era él. Le pregunté a Ricky por qué ese personaje en particular se transformó en *zombie* tan rápido si otros en la película lo hacían con cierta lentitud, y Ricky me dijo que en las historias de *zombies* cada persona reaccionaba de manera distinta a las mordeduras («somos mutantes disparejos», comentó).

Poco tiempo después de la maratón de muertos vivientes Samuel me dejó ir. No necesitó utilizar el martillo, sin embargo. Una mañana simplemente me empujó por las escaleras cuando le llevaba el desayuno y aunque tía Carol y la policía siempre dudaron de su historia, nadie pudo probar nunca que mi caída no fuese el producto de un resbalón antes de alcanzar la última grada. Mi cuerpo quedó semidoblado y manchado de café y huevos revueltos cerca de una vieja baranda de madera. Debo reconocer que en verdad es triste ver cómo el mundo se oscurece en pocos minutos: saber que tu asesino te observa desde una silla de ruedas y que luego se marcha para encender el televisor.

A pesar de todo lo que sucedió esa mañana, fui planeando

una venganza que se consumaría mucho tiempo después de mi muerte. Juré que en el futuro, cuando volviese a vivir en el lugar que fuera, buscaría a Samuel y le haría pagar por todo lo que me hizo días tras días por más de ocho años. Cada golpe y cada moratón que dejó en mi piel significarían una nueva fractura en su cabeza. Cada insulto y cada degradación, otro pedazo arrancado de sus intestinos o una pieza de su dentadura. Sé que es un acto extremista, una última solución que se opone a todo lo que me enseñaron en esta nueva vida en la que sí logré alcanzar la estabilidad que no tuve en la anterior, pero, aunque quisiera decir que me encuentro tranquilo y satisfecho con el trabajo que tengo y la muchacha con la que iba a casarme, eso no basta para restablecerme. No basta para sanar después de todo lo que soporté siendo ella.

Yo también fui mujer, y sé lo que Samuel es capaz de hacerle a una. Tal vez algunos de mis seguidores solamente me lean por el mero hecho del espectáculo que se desprende de la serie de tuits y opten por especular e inventar historias acerca de mis orígenes (estoy seguro de que CriaturaAmbidiestra no es esa clase de persona), pero ya he dicho que no empecé esto gobernado por la afinidad que otros sí tienen al cortar las orejas de sus vecinos. Esta es una ilustración, y decidí llevarla a las redes para que Samuel sepa lo que es sentirse flagelado y humillado delante de otros. Sé que no todos lo entenderán cuando cuelgue el último mensaje. Probablemente la mayoría creerá que mi acto fue solo una broma y seguirá pensando que me conoce, o que tiene derecho a juzgarme a pesar de no saber cuánto me costó volver a la vida, pero eso yo no lo puedo evitar. Quienes comprendan todo lo que he descrito durante las últimas horas sabrán que torturar a ese viejo inválido era lo único que podía hacer para no defraudarme a mí misma.

Ximena y Xavier

Ximena odiaba las historietas que leía Xavier, en especial su colección entera de *Las aventuras de Tintín*. Para ella el joven reportero no era más que un mequetrefe, un entrometido que no se contentaba con desbaratar las felonías de sus antagonistas, sobre todo las de ese demonio llamado Rastapopoulos, sino que además se interponía en su relación marital. Xavier leía y releía las vicisitudes de los personajes de Hergé, y también los remedaba. Los domingos, cuando hacía la compra semanal, Xavier vestía traje negro y sombrero y se apoyaba en un bastón de madera en obvia alusión a los detectives Hernández y Fernández, inclusive obligaba a su esposa a participar de la imitación. No había fin de semana en que Ximena no peinara los bigotes postizos antes de ponérselos; para ella estaba destinado el de Fernández, y para Xavier, evidentemente, el del no menos cauteloso Hernández.

Lo cierto es que Xavier no se daba cuenta de su adicción, pero su esposa sí estaba al tanto de ella. Ximena sabía que Xavier era un dependiente patético, pues desde su punto de vista ningún sectario de Hergé podía ser capaz de vivir con tal delirio sus cuentos de aventuras. Era obvio que Xavier había perdido la razón, y que conforme pasaban los días se aproximaba más y más a un indomable abismo negro. ¿Quién en su sano juicio desearía bautizar a su primogénito Xorge Profesor Tornasol? ¿Cómo era posible que en vez de pagar la hipoteca de la casa alguien malgastara el dinero en la adquisición de un velero fabricado por el astillero Castafiore? Ya no se trataba de un pasatiempo; no era un simple recreo. La obcecación de Xavier terminaría por aniquilar su matrimonio con Ximena. Por eso ella se propuso sanarlo, con la esperanza de que su cónyuge volviera a ser ese hombre devoto a ella y no un mero subalterno de Hergé y sus personajes.

La cura ideada por Ximena fue en cierta forma un remedo de

la enfermedad. Ximena supuso que si lograba llamar la atención de Xavier con una actuación categórica, él dejaría a Tintín y volvería a su regazo sin ponderaciones. Debía entonces hallar una adicción enfática, aún más extravagante que la de Xavier. Una a una fue listando sus manías: morderse las uñas, dormir con las ventanas abiertas, cantar *jingles*, ninguna era lo suficientemente cautivadora. Ximena se hallaba desesperada, sin aquella manía suprema jamás curaría a Xavier, pero fue justamente gracias a aquel nerviosismo que pudo dar en el clavo. Una tarde, mientras buscaba con lágrimas en los ojos alguna obsesión perdida en los confines de su armario, Ximena se topó con una vieja revista de crítica cinematográfica, y de ese modo, con tan solo mirarla, comprendió lo que estaba obligada a hacer.

La mutación fue paulatina. Primero Ximena alquiló los vídeos y analizó con sumo esmero cada una de las películas: el escenario, la trama, los héroes y los truhanes. Luego se hizo del atuendo adecuado. Casualmente, adquirió la ropa en la misma casa de disfraces donde Xavier compraba los bigotes de Hernández y Fernández. Asimismo, aprendió el idioma, la pronunciación correcta y el laborioso arte de los ideogramas, y también a dominar a los equinos y manejar las armas de guerra. Todo concienzudamente. Con infinita paciencia Ximena adoctrinó su cuerpo y alma al talante de su obsesión, tarea a la que le dedicó un año entero.

Xavier, por su parte, continuó con su rutina diaria, leyendo y releyendo *La estrella misteriosa*, *La isla negra*, *El secreto del Unicornio*, siguió bautizando a su hijo no nacido Xorge Profesor Tornasol y navegando en el velero del astillero Castafiore… hasta que la mañana de un día domingo algo lo inquietó. Cuando se disponía a poner el bigote de su personaje predilecto, Xavier cayó en la cuenta de que este no estaba peinado, y recordó a la vez que no había sido acicalado la semana anterior, ni la precedente a esa, y conjeturó entonces que quizá llevaba meses viviendo en aquella aterradora orfandad. Xavier empezó a ver un millón de diablos azules. ¿Cómo era posible que algo semejante ocurriera en su casa? ¿Dónde estaba aquella perversa zángana que había desposado?...

Ximena se hallaba en la sala, agazapada dentro de un fortín de madera desde donde se alzaba una desafiante banderola samurái. Xavier la llamó, pero no recibió respuesta, y ese mutis lo cegó y ofuscó hasta tornar su piel escarlata. En seguida gritó el nombre de su esposa y le exigió una contestación inmediata. Ximena salió de su reducto intempestivamente y de un raudo salto llegó hasta la cocina. Xavier, echando humo por las orejas, se dirigió al mismo lugar, pero a mitad de camino titubeó, por un momento creyó escuchar el estrepitoso galope de un caballo, y, en efecto, una bestia azabache y de belfos prominentes se acercaba hacia él. Ximena la montaba con habilidad innata, propagando con su cabello suelto y sus ojos achinados una expresión de batalla apocalíptica. Xavier dio media vuelta y aligeró el paso, y oyó una suerte de mandamiento en un idioma seco y cortante que no entendía: juzgó que se trataba del japonés. Entonces, se inició la persecución por los corredores, por el recibidor de la casa. Poco a poco Xavier se fue quedando sin habitaciones a dónde huir, sin piernas que lo llevaran a ellas: *percibió más avisos en lengua oriental, el trote de la bestia a punto de rebasarlo, un flechazo certero, justo en el corazón, y una risotada que no era la de Ximena sino un carcajeo maldito (¡ja, ja, ja, ja!, ¡ja, ja, ja!), que se asemejaba de sobra al de Toshiro Mifune.*

En este lado de la Cabeza

En este lado de la cabeza se había inclinado otra vez. Una vida como aquella, como la de un péndulo, no era soportable, pero lamentablemente ya nadie deseaba despilfarrar su tiempo con el alcalde de turno, pedirle sensatez y un ajuste en sus políticas urbanas, ni tampoco traer a la mesa sus promesas de candidato caminante: «Cuando llegue al sillón municipal, En este lado de la cabeza será un pueblo paralizado y no un péndulo.» Nadie quería volver a malgastar un día entero en charlas cíclicas y reiterativas que jamás conducían a nada.

En alguna oportunidad, el carpintero Jacobini urdió una trama arriesgada que envolvía licores y mujeres de senos prominentes… (MARTINA Y SAMARENA ENCABEZABAN LA LISTA DE VIRTUOSAS PORQUE PARA ESE ENTONCES, POR CULPA DE UN MOVIMIENTO BRUSCO HACIA EL LADO IZQUIERDO, LA APETECIDA DUNA, HIJA CONSENTIDA DEL PUEBLO Y REINA PERENNE DE LOS FESTIVALES DE LA PRIMAVERA, HABÍA SIDO APLASTADA POR UN APARADOR DE CAOBA) …buscando que aquella sensualidad de localidad diminuta le devolviera al alcalde el tino de tiempos mejores, o que al menos le sirviese para recapacitar y volver a pensar en el pueblo que lo había llevado a presidir el Concejo: ¡Un pueblo! —recordaban todos—. ¡Un imperio! —sollozaban—. ¡Un guía!

Y es que en verdad les hacía falta el ímpetu y el arrojo del Tiberio de Alvarado de aquellos tiempos mejores, cuando candidateaba de puerta en puerta por todo el territorio accidentado de En este lado de la cabeza. Ese pregonero de voz alta y domadora, pináculo de la Política, aquel servidor de los más humildes que, según quienes habían sufragado en varios plebiscitos y contiendas electorales, era sin lugar a duda el gran Protector de los Desposeídos.

Aquel hombre, desdichadamente, era otro Tiberio de Alvarado. Desde el fatídico miércoles por la mañana en que había tomado el mando del Concejo, un bigote sospechosamente curvo y abundante le daba el aspecto nefasto del mentiroso proverbial. Ya no vestía con aquellos overoles de los trabajadores de las fábricas. Ya no cargaba costales de arena durante los días soleados junto a los obreros de la construcción civil. El Bigote había asumido el mando y todas las facultades del burgomaestre. Ahí se encontraba el verdadero Tiberio de Alvarado: un pelo inconcebible que durante la campaña electoral había permanecido encogido.

—¡Allá ustedes, mentecatos! Ni los senos de una adolescente ni una Duna de carne y hueso me harán cambiar de opinión sobre la construcción de esta torre inclinada. ¡La torre se construye o me dejo de llamar Tiberio de Alvarado!

El enano Roselló, quien además de menudo era uno de los habitantes que más sufría con los constantes vaivenes del pueblo, decidió un día que habían sido ya demasiadas las arbitrariedades por parte del administrador de turno. A la medianoche del día convenido, y acompañado de un grupo insurgente de montoneros, asaltó la casa de Tiberio de Alvarado con la complicidad de la propia sirvienta del alcalde (una enana un tanto espigada que se hacía pasar por una mujer uniforme) y acorraló al político junto a su familia en los servicios higiénicos del Palacio Municipal.

En medio del fragor de los primeros disparos y granadas, el alcalde Tiberio pudo protegerse con una escopeta de alto calibre y perforar los estómagos y las cabezas de algunos de los confabulados (entre los caídos figuraba el cuerpo reducido del valiente Roselló, como una pequeña estampa heroica que más tarde se plasmaría en todos los libros de historia de EN ESTE LADO DE LA CABEZA). La lucha entre el Pueblo y el Régimen, no obstante, se fue inclinando gradualmente hacia el bando que pedía justicia. Beatriz, la hija albina del alcalde Tiberio, fue la primera en ser alcanzada por la turba; sin orejas, con las fauces de los enanos en sus ojos rosáceos, le suplicó a su padre que la defendiera de aquel despedazamiento, pero el alcalde solo atinó a retroceder nervioso. El Bigote (precavido y demostrando por qué había llegado al estrato dirigente) le recordó que se ocupara de sus propios apéndices y olvidara los de su hija, utilizando en cambio a su esposa como escudo para intentar salir de los baños del Palacio Municipal.

Aun con la extrema gordura de su mujer, al alcalde le fue imposible avanzar entre tantos revoltosos. Una y otra vez era víctima de un alud de pirañas. Los enanos saltaban hacia él como criaturas insaciables en un filme de horror, agarrotándolo con mordidas en la ingle y en el cuello: ÑAM, ÑAM, ÑAM, ÑAM... ÑAM, ÑAM, ÑAM, ÑAM... en una noche macabra digna de vírgenes y sádicos.

Los alaridos del alcalde Tiberio llegaban a cada rincón de EN ESTE LADO DE LA CABEZA. Los oyó el carpintero Jacobini cuando fumaba un cigarrillo en la Plaza de la Constitución; Samarena a la par que hacía un conteo de sus bufandas de lana. Era esa la hora del programa de televisión más sintonizado de EN ESTE LADO DE LA CABEZA y el animador convencía a uno de los tímidos concursantes para que cambiara todo, absolutamente todo, por aquello que se encontraba detrás de la cortina número 3.

Antártica

Según tengo entendido, el paciente perdió la vista un lunes por la mañana al manipular con poca destreza una tetera humeante. El vapor de agua —y esta es la hipótesis que ha formulado para explicárselo a sí mismo— habría causado un daño irreversible en su ojo izquierdo, obligándolo a errar por las calles dando pasos cortos con una muletilla plegable.

La primera vez que visitó el centro de rehabilitación me llamó la atención inmediatamente. Yo hacía mi entrada cotidiana con el diario bajo el brazo, pensando otra vez en cómo decirle a Maura que lo nuestro ya no tenía ningún sentido, que ya no me contentaban sus caricias ni el sexo con ella, cuando lo vi ahí sentado, junto a los demás pacientes de aquella jornada, pidiéndole a una muchacha que por favor le leyese los titulares del día.

La supuesta jovencita era en realidad Alicia F., exesposa de un antiguo compañero de la empresa de seguros, quien, de acuerdo con su relato siniestro, se acercaba con puntualidad cada semana para curarse de un leve caso de agorafobia que decía haber contraído tras ver una película de terror de Umberto Lenzi.

Aunque no se trataba de ninguna colegiala sino más bien de una mujer que empezaba a mutarse en una de esas conductoras carirredondas de la televisión de antaño, el tono de voz de Alicia F. aparentaba ser lo suficientemente suave como para confundir a un invidente novato, condición que mi nuevo paciente calzaba a la perfección.

Al llegar a la consulta esa mañana, decía, escuché a aquella mujer gelatinosa recitar una tras otra las noticias más sobresalientes que vendía el diario: «FISCAL ARCHIVA EL CASO OTINGER POR FALTA DE PRUEBAS CONCLUYENTES»; «EMOTIVO FUNERAL POR VÍCTIMAS DE FESTIVAL DE MÚSICA»; «PETRAKIS NIEGA QUE PRETENDA LANZAR UN ATAQUE

MILITAR CONTRA SUS VECINOS»; «DESPUÉS DE 67 AÑOS DE EXHIBICIONES, EL MUSEO DE MECÁNICA E INDUSTRIA CIERRA SUS PUERTAS»…, mientras que aquel hombre supuestamente ciego, en lo que a todas luces parecía ser parte de un libreto de Ionesco recién aprendido, apoyaba ambas manos sobre el cabo de aluminio de la muletilla y trasladaba de un lado a otro de su boca un escarbadientes de plástico, acabando así de demostrarme lo imbécil que el mundo podía llegar a ser cuando se lo proponía.

Cuando lo atendí, desde luego, me llamó la atención que manifestara no poder ver. Si bien su ojo izquierdo se hallaba realmente escaldado y cubierto por una crema ambarina y apestosa, el derecho, más abierto y limpio, no indicaba, por decirlo de una manera menos prosaica, nada más que naturalidad ocular.

En seguida lo invité a que se enjuagara con el suero que le proporcioné en un vaso pequeño, y al término de dicha limpieza di un soplido fuerte sobre el ojo como si estuviese desempolvando la lente de un microscopio de juguete. El hombre, un poco ofendido, se llevó la mano a la nariz e hizo un comentario bastante soez acerca de mi aliento a alcohol y al whisky barato que comercializan en el barrio donde se encuentra ubicada mi consulta. Era cierto, tal vez, que el vecindario no era de los más pulcros de la ciudad, pero aquel whisky de malta, nada módico, dicho sea de paso, sino de una marca escocesa muy requerida, lo había bebido en mi apartamento mientras escuchaba un viejo vinilo de Herb Alpert.

En todo caso, la irritación del paciente no me lastimó, me resultaba indiferente, la verdad, pues se trataba de una conducta habitual en la mayoría de las personas que se atienden conmigo. Ni yo iba a cambiar mis hábitos matutinos por ellos, ni ellos, con todo derecho, iban a dejar de incomodarse por el tufillo que salía de mi boca cuando les hablaba o, como en este caso específico, cuando recibían un soplido en el ojo. El punto es, sin alejarme más del meollo, que no había ninguna razón médica — aclaro para esto que no soy un médico diplomado— ni tampoco científica —quiero precisar, al mismo tiempo, que lo que practico no es una ciencia que merezca estudio ni imitación, sino una simple manera de ganarse la vida— para dar por desahuciado el ojo derecho de mi peculiar paciente. Lo que había, en cambio, era nada más que especulaciones de poca monta, ficciones borgianas, complots que aquel hombre había fabricado para darse un poco de trascendencia, en los que un personaje oscuro le daba un ultimátum enviando un saco lleno de cabezas de cerdo a su dirección postal; ultimátum que él no obedecía, por supuesto, puro «delirio citadino», por llamarlo de algún modo. La crisis de medio siglo de un esperpento que pasa demasiado tiempo viendo series de suspense a las diez de la noche, sin una esposa, sin hijos, sin fetiches, sin una madre a quién cuidar, sin un pasado glorioso ni un porvenir enciclopédico. Existe mucha gente como esa andando por las calles.

Si me lo preguntan, el tipo era un claro cuadro de costumbres de la era posatómica, un oficinista sin salida que halló en la ceguera una excusa para reflotar sus últimos veinte años en este mundo. Y yo, que nunca me he dolido por nadie, que nunca he tenido el más absoluto reparo cuando se trata de sacar beneficios de situaciones como la de la falsa invidencia, le acogí, asintiendo con la cabeza como cuando mentía a mi padre. Creí sin razonamientos en la historia de un ojo maldecido y excomulgado del círculo de ojos que sí pueden observar los atardeceres; en la historia del ojo derecho que un día, antes del accidente con la tetera humeante que acabaría con su ojo hermano, se negó para siempre a retratar el entorno, los colores, las siluetas de las empleadas públicas, las barras de jabón, y así hice de aquel hombre mi paciente, sugiriéndole que todos los martes, a las tres de la tarde en punto, se acercara a mi consulta para bañar ese ojo derecho en una solución oftálmica distinta, sin descartar, por cierto, el tratamiento psicológico más exhaustivo, porque bien podía tratarse de un acto inconsciente, un mecanismo de defensa de la psiquis ante una circunstancia abrumadora, se han visto casos, le expliqué.

El hombre, por supuesto, me miró realmente sorprendido,

no con esa sorpresa terrorífica de las situaciones incómodas, sino con aquella otra, la edificante, pues al fin alguien apoyaba su absurda teoría acerca del complot. Me contó que durante los meses previos había visitado a varios médicos tradicionales y que ninguno de ellos (no me cabe duda) prestó atención a su parlamento por más de cinco minutos. Hubo incluso uno, un tal Dr. Dalton Marín, que estuvo a punto de recluirlo con la ayuda de dos enfermeros en lo que me pareció entender era una especie de panóptico clandestino. No me dio detalles de cómo logró escapar de aquellos hombres armados, pero poco tiempo después, revisando con los ojos sanos de un amigo suyo los anuncios del rubro en una guía telefónica, halló la tienda esotérico-naturista que uso como fachada para este centro de rehabilitación.

En mi anuncio prometo diversos productos comunes y corrientes a los que añado valor simbólico en las etiquetas, sales aromáticas para espantar constipaciones, por ejemplo, y extractos naturales de diversas frutas americanas diseñadas para incrementar la libido de parejas que han perdido la fe en sí mismas. De igual forma cuento con una pequeña librería con ediciones piratas de historias de la alquimia, algunas obras contemporáneas de divulgación *new age*, también ilegales, y un par de testimonios de personas que dicen haber sido secuestradas por entidades de regiones que cabrían en la categoría de lo fantástico.

La tienda, como decía, me sirve de filtro para la captación de nuevos pacientes y está administrada, desde que me fue imposible hacerme cargo de ella y tratar a los enfermos a la misma vez, por una prima hermana, Isadora, quien hace el inventario con exactitud, desempolva cada otro día y engatusa a personas como el falso ciego con la historia de mis tratamientos no tradicionales. Recuerdo que cuando empezó a trabajar para mí no fue necesario siquiera entrenarla. Isadora, y supongo que alguna significancia tendrá el hecho de que seamos parientes, supo olfatear prospectos idóneos y darles mi tarjeta de presentación desde el primer día, pues no todos los que visitan la tienda están en condiciones de soportar lo que hago en esta consulta.

Al igual que yo Isadora entendió que los remordimientos

solamente tienen cabida en el espacio de los confesionarios o en los cuartos de baño de las pensiones, y que de cada cinco clientes que ingresan a la tienda, al menos uno de ellos persigue algo más que un manual de geomancia o un afiche plastificado con el dibujo de una carta del Tarot de Rider. La intuición, como siempre, precede a cualquier método. Lo cierto es que para que alguien se convierta en uno de mis pacientes se necesita un mínimo de credulidad y otra cuota grande, claro, de aflicción. Cuando era agente en la compañía aseguradora, me di cuenta con cada nuevo reclamo que recibía de que los seres humanos somos una banda de ilusos, soñadores empedernidos que día tras día demandamos una sola cosa: reparar aquello que está quebrado, volver a tener la opción del punto cero, ya sea para lograr el amor de una madre que nunca nos permitió tocar su cabello o simplemente para nacer sin un rostro marcado por la deformidad y la cobardía. Muchas veces hombres y mujeres me pidieron en el despacho que los protegiera de las calamidades naturales, de un socio embustero o de un marido con planes más que dudosos, como si ser el tramitador y vigilante de sus pólizas de seguro me diera por asociación la facultad de prevenir el apogeo de una sociedad destinada a desbarrancarse.

Con todo, aquello no me espantó, sino que me fue alimentando. Una tarde empecé a citar a mis clientes en un parque a las espaldas de la oficina; era un parque atípico para esta ciudad, bastante amplio, con un lago artificial rebosante de peces negros. Eran tantos que parecían una sola masa informe reaccionando a la comida que le lanzaban. Había también en el medio de aquel lago un islote donde un industrioso alcalde de principios de siglo construyó un pequeño orquideario, y hablo de él en el pasado porque aquel parque ya no puede visitarse. En esa zona de la ciudad ahora solo se aglutina una cantidad descomunal de centros comerciales engendrados para el despilfarro y la exhibición.

No sé a dónde fueron a parar los peces de aquella quimera urbana que concertó tantos suspiros, quizá a la colección personal de un amante de los animales exóticos, en el mejor de los casos, aunque lo más probable es que la mayoría haya simplemente perecido de asfixia el día que las bombas secaron el pozo donde nadaban. Nadie más que los obreros que construyeron aquellos centros comerciales, rodeándose de muros de madera y maquinaria pesada, sabe la verdad acerca del final de los peces negros.

Antes de que lo cerraran para siempre, sin embargo, el parque se convirtió en mi primer centro de rehabilitación. Ahí empecé la labor que me hizo alcanzar esta condición liminal, a veces terapeuta, a veces analista, a veces auxiliador o nigromante. Todo empezó ahí, junto a los peces, con la sola excusa de charlar en un contexto menos formal que el del despacho, tomar aire puro, les decía.

En ese parque posé mis manos por primera vez sobre una excrecencia color carne, palpándola, oyéndola, haciéndole las preguntas corrientes de la ontología: ¿qué es lo concreto y qué lo abstracto?, ¿qué existe? Ahí sujeté los temblores de gente moribunda, ancianos y jóvenes, y recité con frecuencia acerca de las propiedades detergentes del *thymus* a parejas que buscaban ahuyentar a los antiguos ocupantes de sus casas: «El tomillo se impregna y ninguna entidad es amante de su reputación», subrayé varias veces.

Lo cierto es que la realización de mi fortuna se inició en ese parque y de esa forma tan hospitalaria, y con ella, claro, el esclavismo que con tanta pasión cuido de las grietas y del ocaso. Porque yo soy el amo de todos los que me visitan. Y ellos los obedientes. Como también lo es el falso ciego que debo atender cada martes a las tres de la tarde, tan nauseabundo y patético y sin embargo tan hijo mío, producto de mi amor por la invención.

Cada vez que se echa en el diván para poner en marcha otro fingimiento, sé que ese hombre me pertenece, que nadie más en esta ciudad puede ampararlo. Y es que solamente yo soy capaz de darle la posibilidad de una cura concreta: «Algún día usted volverá a ver un orquideario», le aseguro cada tarde, «…y un lago repleto de peces negros.»

Compendio y disección de Cynthia Plaster Caster

1

Sobre el arte y la estética se ha expuesto —y continúa exponiéndose en las escuelas y círculos «culturosos» menos apetecibles del orbe (insistimos en la importancia de la recuperación de los parques y mercados de abasto como centros de debate)— que nada es un arte hasta que el postulante sea verificable, y que, aun verificado, un arte puede describirse como menor o mayor, o bello o grotesco, y que solo un Verificador nombrado por el Consejo Autónomo de Verificadores y Equivocados (léase luego solo *El Consejo*) es idóneo para dictar un fallo juicioso acerca de un arte en disputa.

2

En el reducto de Cynthia Plaster Caster el arte consiste en usar moldes, agua corriente y pasta de ortodoncista para la creación de esculturas de yeso. Sus modelos, voluntarios del movimiento que en los años 60 del siglo pasado se denominó «The Plaster Casters of Chicago», son senos y miembros viriles de músicos de rock. Lo que significa que, a diferencia de la ópera (arte mayor) o artes menores como la zarzuela y la comedia musical, la obra de Cynthia Plaster Caster ocupa, según la última Convención Internacional del Consejo fijada en un país exótico y milenario (todo esto en pos de no sucumbir ante el cosmopolitismo acomodado de las grandes ciudades, que dicho sea de paso, todo lo corroe), ocupa, indicábamos líneas arriba, un lugar que ni siquiera el hombre sardónico denominaría «de privilegio.»

3

El *rock 'n' roll*, ante todo, es una manifestación cultural descrita por el Consejo con el epíteto *ruido distorsionado altisonante,* solamente anexada a individuos sin capacidad de apreciación musical, rústicos y pésimamente enseñados, que asume guías bellas en grupos como The Beatles, Led Zeppelin y Pink Floyd, y guías ciertamente grotescas como en el caso de The MC5 y The Plasmatics. La pornografía, por otro lado, es un vocablo tabú que no discutiremos por ser este somero informe una exposición de carácter familiar, que bien podría situarse durante un día de campo en las afueras de la metrópoli.

4

La escultura de Cynthia Plaster Caster, citábamos anteriormente, tiene dos pilares sustanciales, que son (1) el género musical denominado rock y (2) las partes sexuales típicas del ser humano (evitando, en todo caso, la representación del clítoris por tratarse de un órgano sexual de difícil acceso para el escultor y proclive a las infecciones). En reiteradas oportunidades la escultora Cynthia Plaster Caster ha celebrado las anatomías del miembro masculino y de los senos, a las que considera, según sus propias palabras, «bellos juguetes de peluche.»

5

Tradicionalmente, el proceso de *plaster casting* requiere de una tríada situada en la misma latitud y zona horaria, compuesta por: la escultora, el modelo elegido y el coagulador (quien en la creación de esculturas de genitales heteronormativos suele ser una mujer cercana al sujeto, constando entonces como *la coaguladora,* aunque advertimos que el calificativo en idioma inglés es más acertado, pues se designa con la palabra *fellator*).

A pesar de que el tipo de estímulo varía según el sujeto y su correspondiente *fellator* —esposa o novia transitoria, de acuerdo con nuestras observaciones—, toda la fase preliminar se desarrolla en dos habitaciones separadas del estudio de Cynthia Plaster Caster. En la sala principal, modelo y *fellator* se dedican a la coagulación del miembro hasta que este se halla en condiciones óptimas para la impresión del negativo en el molde. A la par, Cynthia Plaster Caster, a puerta cerrada en su laboratorio, combina durante sesenta segundos cantidades iguales de los ingredientes necesarios, polvo de ortodoncista y agua corriente, tomando cuidado de la temperatura y la densidad de la pasta resultante. Una vez que el modelo y la *fellator* oficializan la coagulación, las puertas se abren y el miembro es introducido en la pasta, donde vivirá cerca de un minuto de aislamiento; tiempo suficiente, de acuerdo con la experta, para imprimir un negativo de calidad impecable. La sesión concluye cuando el yeso colma el molde ya grabado, del cual surgirá una pieza erecta para la posteridad. En el caso de los senos hablamos de dos piezas semierguidas.

6

Es paradójico, al menos desde el punto de vista de quien suscribe, que a fines de la década de 1970 el grupo de rock KISS —afamados mimos y deplorables músicos, según el análisis especializado— haya incluido en el disco de larga duración titulado *Love Gun* (Casablanca Records, 1977), la canción «*Plaster Caster*». Dicha pieza musical, compuesta por el bajista Gene Simmons (seudónimo de Chaim Witz), narra un aparente encuentro furtivo entre él y la escultora Cynthia Plaster Caster.

De acuerdo con los indicios de la época y las declaraciones de la propia artista, este encuentro jamás tuvo lugar. En su libro autobiográfico, sin embargo, Gene Simmons mantiene haber copulado con cerca de 4.600 mujeres, todas ellas catalogadas y fotografiadas.

7

En las entrevistas en las que ha sido consultada, la escultora Cynthia Plaster Caster justifica su arte declarando que solo graba efigies de gente que considera talentosa, no precisamente modelos favorecidos en su aspecto externo, pero sí creadores que le hayan brindado al menos un momento de aquello que el Consejo entiende hoy como el grado más alto de fruición, antiguamente, *la felicidad.*

Anexos

I. Breve lista de personajes considerados por Cynthia Plaster Caster:

1. Jimi Hendrix
(Vocalista y guitarrista de The Jimi Hendrix Experience)

2. Noel Redding
(Bajista de The Jimi Hendrix Experience)

3. Wayne Kramer
(Guitarrista de The MC5)

4. Harvey Mandel
("*Guitar virtuoso*")

5. Jello Biafra
(Vocalista de The Dead Kennedys)

6. Laetitia Sadier
(Vocalista y tecladista de Stereolab)

7. Suzi Gardner
(Vocalista de L7)

II. Puntos de encuentro en la Red Informática Mundial:

1. Página oficial de Cynthia Plaster Caster:
www.cynthiaplastercaster.com

2. Fundación Cynthia P Caster:
www.cynthiapcaster.org

3. Plaster Caster, el documental:
www.plastercaster.com

Territorio de Ultramar de Nueva Caledonia

Avanzó hacia mí con Hiroshima en el ojo derecho y Nagasaki en el ojo izquierdo.

AMÉLIE NOTHOMB

En esta historia no deambulan doce personajes condenables (tan solo hay uno, y en algunas fases este personaje hasta podría parecernos un tanto cautivador, al igual que el mítico Severo; todo depende del punto de vista asignado al sujeto que mira, aunque eso ya es conocido por varios grupos de personas y en estas instancias es definitivamente engañoso, aquello del punto de vista). Aquí, además, no hay una mujer-objeto (quizá hay seis o siete) ni tampoco un oficinista deprimido por culpa de los tornados que enlodan su territorio natal. La que sí está presente es una barracuda. Una barracuda que nada en la nada. Pero la historia no es suya en un principio sino más bien de Bruno y de su taladro de martillo. Aunque, a decir verdad, todavía no es el momento de empezar a contarles acerca de ellos; el relato llegará a la hora puntual, no antes ni después.

Un retazo de Groucho Marx cruza con mucha dificultad la pista de este a oeste, ya que los retazos de gente ilustre sufren en circunstancias de este tipo. Es delicado andar como un pedazo célebre y más aún cuando la anatomía de la reputación no comparte las ambiciones de quien avanza, sobre todo cuando la fábrica de pedazos famosos, mejor dicho, el autor de estos afamados retazos, no pensó en proporcionarles patas de goma a los fragmentos notorios. Y es que todo tiene un límite. Y todo, al mismo tiempo, debe llevarse a cabo con moderación, incluso la moderación. En estos instantes, sin embargo, el retazo de Groucho Marx es víctima de un reflujo gástrico que enturbia su pensamiento. Ahora mismo se halla varado en la Sabelonada. Y eso le puede costar. Es decir, se va a arrepentir, pues de derecha a izquierda existe mucha distancia y los autos viajan a velocidades excesivas. Nada en este mundo es gratuito, el retazo de Groucho Marx lo debería entender. Pero el retazo es terco, y también un poco tardo, y en casos como este las que sobrevienen son las consecuencias graves.

Oni tiene una sensación similar a la del retazo de Groucho cuando va a cruzar la calle. Solo que es una sensación diferente. A Oni lo que le cuesta es cruzar la pista siendo un *oni*. Nada más embarazoso. Los ojos de los conductores se fijan en su cuerpo descomunal y en su *tetsubo* de hierro como si el primero fuese un ser mutante y el segundo un carnicero que lleva el mandil salpicado, con una que otra menudencia de pollo pegoteada a los bolsillos. A lo largo de la historia, los demonios nipones han simbolizado la fuerza de los poderosos, la reciedumbre del ser inagotable, pero para Oni su situación actual no es más que el emblema de la nimiedad en el mundo: su semblante enciclopédico. Un aforismo que viene a colación habla del retorno a la simpleza como la nave para merecer la tan esquiva plenitud, insistiendo en pocos intereses y menos deseos de quien entienda cómo se ha ordenado el mundo en el que vivimos. Para Oni, habitualmente enredado, esta reflexión solo puede enmarañar aún más la escena en la que se encuentra preso, pues está claro que los laberintos no son apreciados por ningún ser en el mundo. Estos tampoco son del agrado de Oni, pero cómo podría un demonio japonés venerar un proverbio que exige la falta de deseo cuando el deseo es tan entrañable para quien observa la orilla opuesta (¿?).

Habermas lo sabe, ya que en estos precisos instantes se encuentra en un evento paralelo al de Oni. «Aquí hay un gato encerrado», se dice Habermas mientras apoya el mentón en uno de sus puños, que a su vez se apoya en su rodilla derecha y en la capa primaria de la corteza terrestre. Habermas se rasca la cabeza frente a una carretera interprovincial que divide una colina en dos mitades. «La situación humana», de acuerdo con su apreciación (al tiempo que se va acercando un camión de carga con las siglas

C.Y.P.R.U.S. pintadas a los lados), «es una condición de carácter dual y complementario, sí, sin duda... Lógicamente habría que preguntarse primero qué es una condición... Me refiero, en efecto, a la circunstancia de las circunstancias, por la cual ninguna otra circunstancia es posible, siendo todas las resultantes circunstancias nacidas de la primigenia (conocida también como Principio Generador de Todas las Cosas). Así tenemos que la situación humana (ahora Habermas cambia inesperadamente de rodilla), al construirse en base a la dualidad, pues el mundo y todo lo que lo forma ha sido compuesto con ese entendimiento, propulsa condiciones binarias eternamente: izquierda o derecha, arriba o abajo, receptor o comunicador, luces o tinieblas, en busca de una progresión completa y perfecta. No existe el <u>uno</u> sin el <u>otro</u>. Alfa y Omega en la *Biblia*. Yin y Yang en el *Tao-te-king*. Masculino y femenino, según Jean-Luc Godard.[†] Ya que cuando algo aumenta, otra cosa disminuye. Es incuestionable que la vida, por ejemplo, se transforma en muerte en todas partes.»

Bruno acababa de celebrar su cumpleaños número 8 cuando su padre le entregó su primer taladro de martillo, un percutor y atornillador que por aquel entonces llevaba pocos meses en las ferreterías de la ciudad. Al cumplir los ochos años, todos los niños de la familia Carini debían recibir su primera herramienta de trabajo —esta tradición incluía a sus primos y tíos y a la mayoría de sus antepasados desde 1949, año en que el abuelo Carini perforó la cabeza de su jefe de obras, Román Acasuzo Miruela (Ciudad de Panamá, 1897 - Callao, 1949), apodado El Teniente, después de que este último le negara el derecho de taladrar una muralla de 10 metros de largo x 3 metros de altura, que el abuelo Carini entendía como parte de su territorio—. En la vida de Bruno, incidentalmente, la autorización para portar un taladro coincidía con el brote de los primeros sueños en los cuales hacía de protagonista. En el más repetido de ellos (al que Bruno llamaba: «Aguirre, la cólera de Dios»), la perspectiva de una cámara al hombro saliendo de una gruta de desagüe nos acercaba a seis o siete niñas desnudas y vendadas con trapos

---

† Como Laurasia y Gondwana, Bowie e Iman, la alegría y la congoja.

sucios, que corrían hacia cualquier dirección. Aquella era la escapatoria de ovejas a la deriva o gallinas torpes, estrellándose contra los árboles y volviéndose a poner de pie sin tener ninguna claridad delante de ellas, aturdidas por los encontronazos; había tierra en las uñas de sus pies y en sus manos atadas con nudos de ocho. No podían gritar, a pesar de que lo intentaban. La cinta adhesiva con la que Bruno las había silenciado rodeaba sus pequeñas cabezas, algunas se ahogaban en su propio vómito cuando sus estómagos nerviosos no toleraban el miedo. Esto último hacía crecer en Bruno un desmedido ardor por el aroma de las regurgitaciones y así se abalanzaba sobre las niñas caídas, ensalivando sus rostros mientras el taladro perforaba ombligos y rótulas que crujían al contacto con las brocas para metal. La sangre caliente lo empapaba como si fuese la leche de una madre nodriza perpetua, que le daba de comer. Bruno sabía que su único cometido era perseguir a todas las niñas bárbaras y trepanarles los cráneos una a una, hacer de su nombre otro escudo de armas en la genealogía de los Carini. Porque la cólera de Dios estaba designada, por siempre y para siempre. El clan era uno.

La barracuda es un pez que a veces nada en la nada. A pesar de ser un animal carnívoro, cuando la barracuda nada en la nada resuelve no comer ni cazar en grupo, pues toda barracuda que nada en ese espacio, inevitablemente, es también una barracuda asceta. Sobre esta característica extraña del pez, un canaco oriundo de Numea, la ciudad más poblada de Nueva Caledonia, le comentó lo siguiente a un turista bordolés durante un desayuno frente a las costas de ultramar: «Yo también nado en la nada. Pero no hay nada que temer.» El turista bordolés no supo qué responderle. Acababa de llegar de la Metrópoli y trataba de amoldarse a un divorcio repentino. Pensaba, más bien, en la imagen de un coupé de dos puertas, uno de esos automóviles que las revistas entendidas describen como Gran Turismo. Lo cierto es que se trataba de un vehículo de alta performance, diseñado para conducirse en largas distancias y en la plenitud de una carretera costera. Usualmente, en uno de esos coches no caben más de dos personas, pero en el que el bordolés pensaba cabían cuatro, porque tenía una distribución 2 + 2: dos amplios asientos en la parte delantera y otros dos, menos cómodos, en la parte posterior. Sus hijos aún eran pequeños y no precisaban de mucho espacio para estirarse, esa fue la principal razón por la que el turista bordolés eligió aquel coche entre todos los demás del lote de autos. En aquella época, cuando decidió desprenderse del sedán que conducía desde su primer empleo, planeaba hacer muchos viajes por carretera acompañado de su esposa: la costa y las montañas lo intrigaban sobre manera. El turista bordolés, sin embargo, nunca pudo ir muy lejos debido a compromisos que ya no recordaba claramente pero que sabía habían tenido lugar. Tan solo había disfrutado de una excursión con los niños a una villa cercana a las inmediaciones de Pomerol. A Simone le cayó mal la comida y devolvió trocitos de carne. Constantin cazó varias mariposas, y él, sentado a su lado, vio cómo les arrancaba las alas para luego alinear sus cuerpos tullidos formando un pequeño arsenal por orden de tamaño. Mientras observaba a Constantin perdido en su labor, el turista bordolés meditó por unos minutos acerca de aquella crueldad universal que suele manifestarse en los capos y los dictadores, y se preguntó, un tanto acorralado, si todo aquel sadismo empezaba en paseos como ese, con las mariposas, y con padres como él, a quienes les importaban poco los juegos que practicaban sus hijos.

La Cosa del Pantano

Si fueras un buen amante, Clyde, te parecerías un poco más al escritor Alan Moore. Me traerías los guiones de tus cómics a la cama para preguntarme si la muerte de un héroe ambiguo es en verdad indispensable en la página número 64. No serías tan cuidadoso con tu apariencia, pues sin duda dejarías de afeitarte, y tu cabello, que ahora parece el pelo reluciente de un niño de las juventudes del Partido Nacionalsocialista Obrero Alemán, llegaría hasta la altura de tus tetillas, enmarañado y del color de las cloacas.

Tienes la mala costumbre de decirme lo que debo hacer. Pero Alan Moore no se comporta así, Clyde. Él construye oraciones que van en los globos de las viñetas para que yo sepa lo que sus personajes dicen, o lo que idean en silencio para evitar que un villano introduzca ingredientes nocivos en el agua que circula en el Londres de una distopía. Tú, en cambio, nunca has inventado una mísera historia para niños. Solo sales de la oficina a las cinco de la tarde y tienes la estúpida idea de traerme pollo frito a casa, como si dos cortes de pechuga y una pierna cubierta de mayonesa fueran suficientes, como si yo me pasara la tarde esperándote, tendida en el sofá mientras una ráfaga de viejos episodios de *Law & Order* se repiten en el aire espeso.

Alan Moore sí entiende acerca de lo cósmico, porque quienes se han tomado el tiempo de meditarlo advierten que hay vida en otras partes de la galaxia y en múltiples condiciones. Existe algo más allá de esa cara que afeitas todas las mañanas y de los objetos, grandes y pequeños, que palpamos día a día dentro de este apartamento insignificante que me ahoga, más allá de ese jarrón de vidrio y más allá todavía de las flores baratas que me regalaste el día de mi cumpleaños.

Eres tú quien no quiere verlo, Clyde. Eres tú quien no desea admitir que la misma liebre puede estar viva y muerta y ser verdaderamente real en distintos espacios. Y sin embargo deseas que conciba un hijo tuyo. Y sin embargo deseas ser la cabeza de una familia numerosa y honesta. ¿Qué voy a contarle a esa familia que no pienso engendrar, Clyde? ¿Qué les voy a decir a esos hijos de la idiocia acerca del inepto de su padre?

Esta casa guarda secretos de una realidad paralela y sé que en sus paredes hay criaturas que nos observan dormir. Anoche escuché ruidos en la cocina y gritos en el cuarto de aseo, como si una columna de guardianes atormentara a un grupo de mujeres, como si la puerta de la lavandería se conectara con una sala donde beben cerveza los pilotos de un vuelo perdido años atrás. Hablaban, asombrados, acerca de una especie de túnel, de perturbaciones magnéticas que estropearon los instrumentos de sus naves hasta que, de pronto, el escuadrón se halló en tierra firme, en una pista de aterrizaje ignota donde los aviadores se formaban con los ojos encendidos alrededor de un cuerpo prismático de metal. Había un objeto ovalado en el cielo, señalaba una y otra vez el capitán del escuadrón de combate, y algo que a la par se dibujaba en su mente, un código alfanumérico, decía, que ya no podía reconstruir.

Cuando cierro los ojos, Alan Moore me muerde los senos con aquel rostro de monstruo vegetal, su cabello pestífero rozando mi cara y mis pechos. Alan Moore desnudo, tocando mi ombligo con sus largas uñas. Yo acomodo en mi sexo ese miembro jugoso que parece una planta desfigurada, lo acomodo hasta que avanza como un gusano violento y testarudo. Le digo, le canto fuerte y con toda la desesperación que he guardado desde que tú y yo nos casamos, Clyde, que no me importa, que en verdad no me importa el mal olor de la ciénaga ni la contaminación química que enferma a los cipreses. Le ruego que me lleve a vivir a las tierras de Luisiana, junto a él, solamente con él en las aguas oscuras del pantano.

Taxi Driver

Todas las noches, Alfred H. es un chófer calvo y obeso en la ciudad de Nueva York. Sus pasajeros suelen preguntarle por qué un cuervo disecado cuelga del espejo retrovisor de su taxi amarillo: «Es solo una obsesión que arrastro», contesta sin decir más.

Esta noche, no obstante, Alfred H. ha recogido a un pasajero con acento francés, alguien que no se ha detenido en la charla habitual acerca del pico sangriento del pájaro.

El hombre es un cigarrillo humeante con gafas oscuras y aliento a cerveza, bien podría ser el hermano gemelo de Jean-Luc Godard. Alfred H. ha asentido cuando el pasajero le ha solicitado estacionarse frente a un edificio y dejar correr el taxímetro, pero no se arriesga a quitarle el ojo de encima, una suerte de mecanismo de autodefensa se lo impide. En esta ciudad —Alfred H. lo ha visto en varias películas—, la gente siempre deambula en busca de una redención.

—¿Ves aquella silueta, gordo?

Alfred H. alza la vista.

—Es la silueta de mi esposa —sonríe de una manera incómoda, como si estuviera delante de un espejo y nadie lo observase—. Esta noche voy a matarla.

El cuervo disecado lo vigila.

—Yo ni siquiera vivo en ese piso, ¿sabes? Ahí vive un tipo que en vez de dedos tiene tijeras. ¿Puedes creerlo, gordo? Ni siquiera es un hombre de verdad…

La silueta de la mujer desaparece.

—Debes pensar que estoy enfermo, ¿no es así?

Alfred H. enciende un cigarrillo, luego mira el rostro del hombre reflejado en el espejo.

—Todas las noches recorro las calles de esta ciudad y observo a miles de extraños que creo conocer, amigo. En verdad creo conocerlos, ¿sabe? Después de tantos años trabajando la misma ruta, me he convencido de que esta es la ciudad de las *vendettas*, y que tarde o temprano, a lo largo de la noche, mi cuervo y yo recogeremos a alguien como usted, alguien con un revólver y un deseo. He aprendido que mi única misión es conducir este taxi sin hablar demasiado y guiar a mis pasajeros hasta que cumplan con la suya. Yo no juzgo a nadie, amigo. Solamente trato de no estorbar a los demás.

Lemmy Kilmister me lo dijo

Me sucedió una vez recostado en la cama, pensando en un punto negro, un pequeño trazo que perturbaba la pureza blanca del cielorraso de mi habitación, una mancha que me observaba — pensaba aquella vez— tan atentamente como yo a ella. El punto es que me hallaba dominado por esa menudencia obscura, un elemento que, desde mi punto de observación, alteraba la tonalidad inmaculada del techo de mi pieza; lo miraba con curiosidad porque no sabía qué otra acción asumir o porque no conocía otra manera de enfrentarme al curso de las cosas, pues se trataba de un punto negro, una mancha en medio del mar blanco que decoraba sobriamente el cielorraso de mi habitación. Esta circunstancia, desde luego, me hacía meditar acerca de la señal de dimensiones pequeñas que miraba perplejo desde la cama (¿era en realidad parte de la estratagema de un súbito *goblin* o se trataba de la reencarnación de un antiguo método de tortura?). Recordé entonces —a veces resucito memorias inservibles y obsoletas; otras veces, no lo niego, algunas que me causan un dolor ciertamente confuso— que en otro lugar me había sucedido algo parecido con un punto negro similar a este, una pequeña marca que invadía el cuero artificial de un asiento de autobús. Aquella vez también medité por varios minutos, los minutos suficientes, claro, que separan a un viajero de su destino habitual o, visto de otro modo, los minutos que un viajero sin dirección fija se toma para elaborar un mapa mental y llegar así a algún destino dentro del conjunto de direcciones posibles o incluso para reorganizarse a partir del análisis de la suma de caminos que ese viajero en particular conoce, ya sea por cierta costumbre o por la falta de ella. El punto es que esa tarde en el autobús no había en mí la misma angustia que tenía respecto al punto negro en mi pieza (*esa mancha tan peculiar que me sedaba y no me permitía salir del ensimismamiento*), pero sí podía advertir otro tipo de ansiedad, la ansiedad que me producía una horrible llaga en la lengua de mi novia de aquel entonces, una chica argentina que tenía la costumbre de morderse de forma enfermiza cuando picaba una fruta o cuando veía un documental sobre la vida de una bailarina que pocos recordaban porque había muerto atropellada en Praga, o cuando se sentaba a beber vino en el balcón y me saludaba si me veía pasar. A Romina la conocí en un taxi donde también había un pequeño punto negro (ya hablaré de él en breve o tal vez tarde un poco, en realidad no lo sé con certeza), en el momento en que yo bajaba del auto y ella aguardaba para entrar en el mismo vehículo, en la esquina donde un minuto antes había decidido terminar mi viaje de aquella noche cuando al fin supe cuál era el lugar donde debía descargar mi cuerpo. Al bajar del taxi, Romina me tomó del brazo y me preguntó de dónde venía —no quise decirle que regresaba de un territorio que simplemente no tenía nombre, en mi cabeza, en lo más hondo de mi cabeza, y solo le señalé que mi organismo (este armario de células) volvía del Centro: porque ¿qué es el Centro sino una localización relativa, un espacio que significa todo y al mismo tiempo nada?—. Romina entonces preguntó si tenía ganas de acompañarla, de viajar en el mismo taxi, nuevamente en aquel vehículo que me había catapultado por la ciudad, su cuerpo y el mío, de manera fortuita, asumiendo un acto compartido de locomoción, sentados al lado de ese otro punto negro que me había aturdido durante el viaje en solitario. Dije que sí, por supuesto sin percatarme de lo que ocurriría, antes de saber que Romina y yo pasaríamos siete años juntos en Toronto (pero siempre como un compuesto inestable), visitando el mismo centro comercial y el mismo cine, debatiendo sobre rollos de papel higiénico para nuestra limpieza, colgando imitaciones de arte y fotografías en blanco y negro de trompetistas de jazz en las paredes, lanzando ropa interior a la canasta de ropa sucia, abriendo y cerrando automáticamente libros de autoayuda que no nos brindaban ningún equilibrio, tocándonos los genitales de una manera infantil y también, tantas otras veces, de una forma maníaca e irracional, masticando pollo con salsa de curry, arrojando emails a la papelera, odiando el olor de nuestro cabello sin lavar, rayando queso parmesano para gratinar una cacerola que nunca se vería como la del recetario: lo hice sin saber que Romina era ambas, la mujer de mi vida y la mujer que jamás podría amar del todo, la mujer simbólica que se reflejaría siempre en los ojos de las demás, la mujer ícono que llenaría todas las pantallas de todos mis escritorios: Romina caminaba por la vida con los labios y la lengua convertidos en un matadero porque no podía resistirse al sabor de los hilillos de sangre, y yo la seguía invocando porque tampoco sabía oponer resistencia. Pero eso fue después, mucho después del taxi y del punto negro que ya había visto y que volvía a ver con ella en ese segundo trayecto hacia ninguna parte, o a hacía todas las direcciones. No lo sé muy bien. Una mancha que alteraba la superficie del espejo retrovisor del taxi, un punto obscuro y en suspenso, una señal que, desde mi punto de referencia, crecía lentamente tragándose átomos de materia ordinaria, partículas etéreas y neutrinos de masa inferior. Toda la historia del mundo, todas las épocas reconocidas y excluidas se convirtieron de pronto en un remolino de arte psicodélico que absorbió también al taxista (un economista desempleado que tuvo la mala fortuna de doblar hacia la izquierda a las 6:38 p.m.), a la olorosa y depilada vagina de Romina, junto con su lengua y sus memorias de adolescente, y a mí, un hombreególatra y disfuncional, fundidos de súbito con el resto del planeta (fueron una suerte de flashes, cierto, pero pude ver en aquel vórtice temporal a un antiguo profesor de religión, inconsolable y sin embargo aferrándose a su libro sagrado, y a mis nietos, productos de una hija adoptiva que aún no cobijaba, mezclándose con trilobites de un Cámbrico no muy lejano y haciéndose líquido cósmico, hilo abstracto: piensen en un enorme tentáculo de ectoplasma fantasmal, o en lo que llamamos ingenuamente la furia de los dioses: el punto negro tenía la personalidad de un gran todo que dominaba y al mismo tiempo sacrificaba el Todo). Lemmy Kilmister, vocalista de Motörhead, se encontraba también en aquel caldo de materia y energía, y fue quien me lo dijo, quien alzó la voz ronca cuando las palabras dejaban poco a poco de existir: «*Open your eyes, you cuuunt!*», antes de que las mandíbulas de un tiburón blanco se licuaran con sus botas de vaquero. Yo cerré y abrí los ojos de repente, y me hallé en un corral para bebés, empapado de agua fecal y apestando a urea. Era la misma habitación de juegos donde mis padres me habían domesticado cuando no tenía más de seis meses de edad. Romina y el taxista, como sucede en la mayoría de los eventos inexplicables de una película de bajo presupuesto, no se encontraban conmigo, pero alcancé a ver un punto negro en la base acolchonada del corral, una mancha que, deducen bien (porque alguien jaló un inodoro que activó la maquinaria del Cosmos y porque todo es un círculo), me observaba con sumo cuidado, tan atentamente como yo a ella.

¿Qué es la ciudad?

A Néstor García Canclini

La ciudad es un cúmulo de pequeños espacios entrelazados y sujetos por un moco pegajoso. Hasta este momento no se ha puesto en duda de dónde proviene esta abundante secreción porque la ciudadana Dolores y su grifón belga (la señora Dolores considera que su perro es una persona bastante coherente) han estudiado por décadas los movimientos migratorios de una gran babosa venida de los mares del Sur.

Como se sabe, las babosas secretan una mucosidad viscosa y se desplazan ayudadas por ella. Es casi imposible no asentir cuando Dolores y su grifón señalan que los cientos de espacios urbanos que componen la ciudad se entretejen gracias a los ires y venires de un gasterópodo, ya que incluso es posible observar a la babosa por la noche, secretando con obstinación, y esa es una prueba muy difícil de refutar para el grupo de vecinos y funcionarios que diariamente se dan cita en el apartamento de la señora Dolores.

La crisis de tránsito, de la misma forma, es otra manifestación de lo antedicho. La ciudad es un vertedero de moco, y eso lo saben todos los ciudadanos que la habitan desde el día de su fundación, especialmente quienes toman el tren de las 6 a.m. (para quien quiera evitarlo, se trata de la línea magenta, Amanda Mignolo >> Plaza Concordia) y tienen que cargar dos o tres mudas de ropa debido a los inmensos charcos que se forman primero en la estación Puente Cohen y más tarde en la estación Cartagena de Indias. Ambos charcos ocasionan que el ritmo de la ciudad sea más lento, esencialmente aglutinado, y que se formen multitudes rabiosas y congestionamientos inauditos, tanto al momento de subir como de bajar del tren.

Hasta en los sectores más politizados de la ciudad se ha tomado con seriedad el estudio de la señora Dolores y su grifón belga (ya hemos dicho que la señora Dolores considera que su perro es una persona bastante lúcida). Por ello, el actual intendente y el flamante gobernador, antiguos propulsores de una villa comunicacional conectada por enrutadores y puentes de red, han llegado a la conclusión de que lo que en realidad nos hace falta para adecuar la ciudad al siglo en el que vivimos son lanchas de motor y quizá un par de embarcaciones obuseras para nutrir al control policial en momentos críticos, sobre todo si la gran babosa decide echarse a reposar o desperezarse.

«Toda ciudad que se jacte de civilizada debe vivir bajo el estricto control del poder disciplinario», lo dice el grifón belga de la señora Dolores y la señora Dolores asiente cuando lo escucha.

El poder, sépanlo quienes dudan de su bondad distintiva, orienta nuestras posibilidades de conducta para que permanezcamos en un estado de avenencia duradera. Algunos —los incendiarios y los alborotadores que hablan de aquella libertad abstracta que nunca ha existido, los enemigos del sistema y de la señora Dolores— declaman pánfilamente sobre los dominantes que pisotean a los oprimidos, sobre los opresores que arrastran a los dominados, pero debemos, por el bien de nuestros hijos, y de los hijos de nuestros hijos, ser más contundentes cuando se trate de ahuyentar la paranoia psicosocial. Debemos ser tan rotundos como el grifón belga de la señora Dolores cuando señala ladrando estruendosamente que la autoridad y la obediencia merecen el más absoluto de los respetos, recalcándonos que las antenas de energía de la gran babosa jamás permitirán un alzamiento dentro del perímetro de nuestra magnífica ciudad.

Double Fantasy

«I am the walrus.»

Por primera vez desde que te describo, te vi entrar a casa en compañía de una mujer japonesa. En cuanto a la vida del asesino de John Lennon —el cuaderno de notas abierto— todo continúa como lo dejaste ayer: algunas páginas escritas y otras tantas en blanco. A ella le ha llamado la atención la fotografía de Dorothy y el León que has puesto sobre una de las repisas de la sala, como si hubieses adivinado que su película favorita es *El mago de Oz* y que esta situación improvisada fuera la coincidencia de un presentimiento de hace muchos años: la primera vez que te masturbaste pensaste en ella acosada por cuatro vagabundos. (era un cine abandonado y los gritos de la mujer japonesa se amplificaban gracias a la acústica del edificio).

Al lado de la foto de Dorothy la mujer japonesa señala el afiche de una ópera tratando de marcar otro detalle que los enlace; entre las anécdotas de su infancia resalta una historia acerca de los miembros de una orquesta errante que fueron detenidos por iniciar una trifulca. En el pueblo donde vivía tía Miyu, el fagotista y el contrabajista se rebelaron —estaban ambos ebrios— y antes de que el empresario que los manejaba pudiera presentarse en la comisaría, un alférez de apellido Ishikawa les partió la cabeza con la culata de una pistola. El fagotista falleció casi en el acto a causa de una contusión.

Sin prestar cuidado a los detalles del funeral, te quitas la chaqueta y en seguida piensas en los vasos, tienes un muestrario de ellos guardado en la alacena y la conclusión es que la mujer japonesa beberá en una de tus copas de cristal facetado. Eso lo has decidido antes de colgar tu chaqueta en el perchero y antes, incluso, de quitarte la chaqueta. Siempre decides en qué copa beberán las mujeres que invitas a tu apartamento como lo haría un señor todopoderoso en la víspera de un festín. La imagen que fabricas de ti mismo es sin duda la de un dios que gobierna los ciclos y las traslaciones de las cosas que existen.

La mujer japonesa se llama Ayoko y tiene un lunar arriba del labio. Cuando la observas estudiar el afiche, adviertes también que un muchacho se encuentra de pie a su lado izquierdo, doblando una bufanda de color púrpura. En seguida Holden Caulfield te saluda moviendo la cabeza hacia delante (la forma en que suele hacerlo cada vez que te topas con él), y se acomoda sin apuro en uno de tus sofás. Esta vez te parece que la llegada de Holden ha sido más precipitada que de costumbre, ni siquiera te ha dado tiempo de ir por las copas ni el vino; se trata, en tu opinión, de una broma de pésimo gusto. Te sientes atacado y utilizado por Holden, como si Holden ya no respetara los minutos de intimidad que pactaron en otro momento y no hubiese una memoria de lo estipulado. Lo que existe es el color sucio en los ojos de Holden, cada vez que te mira puedes ver su suciedad, y por eso piensas que debiste advertirlo antes, olerlo antes. La mujer japonesa lo advierte y lo huele cuando cierras la puerta de tu habitación y la dejas acorralada.

A continuación, Holden lee un pasaje de *El guardián entre el centeno* en el que Caufield se hincha de valor y murmura algo que solo él entiende, procurando que ella no se dé cuenta del sudor que lentamente empieza a ocuparlo. Una mano que nadie puede distinguir también le aprieta el estómago. Caulfield no esperaba que la prostituta vistiese de verde. No tiene nada en contra de ese color, pero no imaginaba que la prostituta vestiría de verde, o que la prostituta sería una chica de pelo rubio.

A pesar de la extrañeza que brota de Holden, ella no se ha percatado de nada ridículo en la habitación, todo lo contrario, los muebles parecen estar en su sitio y las lámparas encendidas. Caulfield, no obstante, sospecha que algo no encaja, algo se le está escapando de las manos, por eso trata de ejecutar una frase o un movimiento que corresponda con la situación. Algo simple. Comienzan así los síntomas de una sonrisa, pero la sonrisa no llega a sobresalir, se queda suspendida en la boca de Caulfield, y es que Caulfield lo piensa un poco y no está seguro de si en estos casos lo correcto es sonreír o quedarse callado, o encender un cigarrillo como haría George Harrison antes de interpretar «*Dark Horse*». Su habitación en el hotel es bastante cómoda, eso es cierto, y a esas horas de la noche, con las ventanas abiertas de par en par, la ciudad de Nueva York no parece estar preñada de tantos farsantes.

(Los farsantes son una tropa de estúpidos, piensa Caulfield. Aquí y en todos lados. En todos lados los farsantes causan problemas a los demás, creyendo que el resto existe solo para rendirles tributo. Allá en el parque hay muchos sentados en las bancas esperando la oportunidad para hacerse de una tonta, y las tontas siempre caen. Siempre caen porque creen que los farsantes son guapos y encantadores, pero jamás meditan siquiera por un minuto, siquiera por diez segundos. No se ponen a pensar que los farsantes meten sus dedos en sus narices y se rascan los mocos tantas veces al día como yo lo hago, que los farsantes huelen a perro sucio cuando se levantan. Todos los farsantes son nada más que porquería y aquí en Nueva York hay muchos; allá en el parque hay muchos farsantes esperando por una tonta.)

La prostituta deja su bolso sobre el sillón pero no se quita el abrigo. Acaba de percatarse de lo ridículo. Es en verdad ridículo. Sin dejarlo pasar se pregunta por qué Caulfield tiene las ventanas abiertas en pleno diciembre; se pregunta eso sin saber que Caulfield se apellida Caulfield o que Caulfield detesta a los farsantes, solo le preocupa el viento helado de la época; hace poco nevó y los árboles parecen estalactitas. ¿Cómo se le ocurre abrir las ventanas de ese modo sabiendo que en las calles la gente patina cuando pone un pie sobre la acera? ¿Acaso este tonto no lo entiende?

Holden abre los ojos y se disculpa torpemente, se explica como si se tratara del rostro severo de su padre: que él estaba tomando un poco de aire cuando ella llamó a la puerta, que pensaba cerrarlas pronto. El ambiente estaba un poco cargado, ¿sabes? Acabo de llegar hoy. *Quizá el antiguo huésped…*

La prostituta empieza a desabotonarse el abrigo; se halla parada frente al mismo sillón donde un minuto antes dejó el bolso que suele empuñar con fuerza cuando algún cliente pierde el control de sí mismo. Tantas veces aquellos hombres que son todos los hombres a la vez. El taxista de Lower East Side. El judío calvo duplicando la monotonía de Merv Griffin. El viejo cadavérico y sus calzoncillos a rayas. Recuerda siempre los ojos de un maestro de secundaria que dijo llamarse Cliff y quiso esposarla al riel de una cortina de baño. Vas a hacerme el favor y vas a quedarte quieta. Yo sé que quieres jugar conmigo. ¿O no quieres jugar conmigo?

...*nunca abrió las ventanas* y tal vez por eso el aire se encontraba tan cargado; por un momento pensé que nadie había entrado aquí en varios días. Sé que es un poco tonto pensar así, después de todo es un hotel y sería poco higiénico no ventilar las habitaciones, pero el día que me marche pienso reportarlo al administrador; nunca está de más mencionar estas cosas. Creo que es bueno para todos mencionarlas, demostrarles a los del servicio que uno está pendiente de lo que pasa en el hotel. ¿No te parece?

Caulfield se percata de que el vestido de la mujer es negro, es negro pero debe ser verde. Negro podría ser el abrigo gris que acaba de colocar sobre el respaldo del sillón. Pero el vestido debe ser de color verde. Así lo entiende Caulfield. Piensa entonces que cuando el botones le ofreció los servicios de una prostituta en ningún momento se imaginó que ella sería rubia y vestiría de verde. Eran, de algún modo, detalles predestinados, alguien o algo los había elegido para él. Esa conjunción de referencias apuntadas en otro lugar: el botones, la prostituta, el vestido verde, Nueva York en invierno, se encontraba apoyada de modo insólito en un mismo receptáculo de condiciones: ¿Qué sucedería si Caulfield se hallara en el hotel aquella noche? ¿Qué sucedería si cerrara las ventanas y encendiera la calefacción? ¿Qué pasaría si los farsantes de repente se llevaran un chasco?

La prostituta observa cómo Caulfield gira la perilla de la estufa, arrodillado, muy cerca de las ventanas. El cuerpo de

Caulfield es el cuerpo de un descuidado con unos treinta años de desintereses y malos hábitos. El cabello lacio, un tanto caótico aunque con una raya a la izquierda, y las gafas grandes y cafés lo hacen acercarse a un universitario en semana de exámenes, con poco tiempo para el aseo. Hay algo, sin embargo, en esa falta de cuidado personal y en esa gordura babosa, algo que a ella le hace recordar la imagen de un niño haciendo un esfuerzo heroico para morder un pedazo de carne demasiado grueso. Esa sola imagen de la boca pequeña, la boca pequeña que riñe consigo misma y no logra masticar la loncha de carne, ahoga parte de la ridiculez que Caufield representa delante de ella. Por un momento a la prostituta le parece que Caulfield es como un muñeco inflable que poco a poco empieza a cobrar una figura conocida.

—¿Cuál es tu nombre?

—Me gusta que me digan Caulfield.

—Caulfield.

—Sí. Pero no es mi apellido. Es solo un nombre que me gusta.

—Muy bien, Mr. Caulfield.

—Bien.

—¿Tienes rosas para mí?

Caulfield abre los ojos y se disculpa tontamente, se defiende como si estuviera siendo arrinconado por la mirada de mamá: Es un acto involuntario. A veces pienso en algo y luego en otra cosa, y, bueno, se me olvida lo primero o se me confunde lo último con lo del medio. Es complicado. Bueno, no me refiero a mí, digo. Es decir, que es complicado lo que a veces me pasa, no que yo precisamente sea complicado. Aunque, a veces, no sé. A veces todos somos complicados, ¿no lo crees? Yo creo que sí. En Georgia había mucha gente complicada, mis vecinas, sí. Y mi madre, a veces ella era complicada, cuando metía mucha ropa en la lavadora y la lavadora no podía con tanta. Ahora vivo en Hawái. Crecí en Georgia, pero hace un año me mudé a Hawái. Vivo allá con mi esposa, ella no es tan complicada. Yo soy más complicado que ella. A veces, claro. Porque hay momentos en los que no soy así. Solo se me olvidan ciertas cosas, como hace un rato cuando me hablaste de las ventanas y se me olvidó que debía darte el dinero y por querer cerrar las ventanas mi cabeza se enfrascó en cerrarlas para que estuvieses cómoda y, bueno, no pensé que olvidaría el dinero. Pero claro, lo olvidé, porque a veces olvido cosas de esas. Sin embargo, no es mi intención. Es involuntario. Tú me entiendes. No es algo que haga adrede. Aquí está. La prostituta se acerca y toma los billetes de su mano. Luego vuelve a ponerse delante del sillón y guarda el dinero en el bolsillo interior de su cartera. Ahí siempre lo guarda, es una especie de costumbre aprendida de generación en generación. Cuando se siente conforme, comienza a quitarse los zapatos y los pensamientos se acercan a ella como los pensamientos se acercan a todo el mundo; piensa que, aunque volviese la página y pasara cien años comiendo en banquetes de gala, aquella rutina no se le olvidaría nunca: dar con la dirección, sonreír a primera vista, y todo lo que se iniciaba después. La suya es una historia monótona y aburrida que le hace recordar a Eleanor Rigby; por eso la prostituta prefiere comprar discos que canten sobre ciudades que no conoce o discos que hablen del amor y la amistad como si fueran una caja de sorpresas que solamente hace sonreír a quien la toma con ambas manos. A veces esa caja tiene la forma de un submarino amarillo; otras veces, en cambio, se parece a una gran morsa tocando el piano en un parque inglés.

Tarta de chocolate

Una vez desnuda, M fue obligada a pararse junto a las demás mujeres en una esquina del cuarto de aseo. Su primera intuición, aunque ya dominada por los temblores, la empujó a examinar los muros blancos en busca de una salida, a tratar de huir.

La columna de guardianes, mientras tanto, repartía patadas a quienes no respetaban las órdenes que salían de los altoparlantes: «Todas las cerdas mayores de sesenta años deben desnudar a las menores.» M observó que la mujer que la había desvestido minutos atrás le quitaba ahora la minifalda a una muchacha de brazos tatuados y argollas en los pezones y la boca; no hacía más que cumplir los mandatos de la voz que provenía de lo alto de la torre.

En ese mismo momento, M intentó recordar cómo había pasado de su pequeño estudio en el centro de la ciudad a ese gran salón inmaculado que la columna de guardianes llamaba el «cuarto de aseo». Recordaba haber salido de la estación de metro cerca de las diez de la noche, después de volver de la universidad, y haber caminado deprisa a causa del frío y la falta de iluminación en su zona. M estaba completamente segura de haber sacado las llaves de su bolso y de haberse acercado al picaporte, pero su memoria dejaba de proveerle un relato creíble una vez que atravesaba el portal de la casa. Todo lo que había sucedido después de girar la manecilla de la puerta —una serie de horas, días, semanas tal vez—, se había borrado, y M no comprendía cómo el número 186 de la calle Alcides Berecochea y aquel inmaculado «cuarto de aseo» llegaban a asociarse, ni por qué sus compañeras —la circunstancia en la que se hallaban las convertía ahora en un grupo marcadamente distinto del de la columna de guardianes— eran todas mujeres de una obesidad rigurosa, «cerdas», como las llamaba constantemente la voz femenina que provenía de lo alto.

Cada una de ellas describía algo diferente e incluso podía

afirmarse que formaba parte de un catálogo razonado con cierta diligencia. La mujer que había desvestido a M, por ejemplo, no tenía una curva cervical visible, su abultada cabeza parecía estar incrustada a los hombros o haber sido presionada con una fuerza excesiva, borrando los límites entre las dos partes, como son las muñecas rusas. De igual modo, la muchacha tatuada era robusta del torso a la cabeza, indiscutiblemente robusta, y el diámetro de su cintura, de más de dos metros, culminaba en piernas cortas y pies romboides. Otra de ellas, de un cabello rubio casi blanco, presentaba una barriga mayor que a su vez cubría una barriga de menor corpulencia, y había también una mujer maleducada que, convertida ya en una masa decididamente deforme, no podía ponerse de pie y se desparramaba como una cucharada de *algo* sobre el piso del cuarto de aseo.

M, en contraste con las demás, tenía de particular unos senos marcados con estrías que le colgaban hasta la altura de los muslos.

Ahora bien, todo este planteamiento tiene sentido si nos mudamos de localización y pensamos en otra mujer, una niña pelirroja, en realidad; alguien que, en ese mismo momento, y a escondidas de sus padres, corta dos enormes pedazos de tarta de chocolate y se los lleva a la boca como si no tuviera otro propósito en la vida.

Índice

Froilán, *anthropophagus* 9

Interior-Noche 15

En virtud del estado actual de las cosas 23

Esto no es una pipa, Magritte 31

La Dama Mamut 35

Territorial Pissings 43

Gore 47

El Cerebro y El Autómata 55

Tendencia mundial 59

Ximena y Xavier 67

En este lado de la Cabeza 73

Antártica 79

Compendio y disección de Cynthia Plaster Caster 87

Territorio de Ultramar de Nueva Caledonia 95

La Cosa del Pantano 103

Taxi Driver 107

Lemmy Kilmister me lo dijo 111

¿Qué es la ciudad? 117

Double Fantasy 121

Tarta de chocolate 129

SALVADOR LUIS RAGGIO MIRANDA

LIMA, 1978

Licenciado en dirección de cine y doctor en literatura y cultura hispánica (University of Miami). Es autor, entre otros, del libro de cuentos *Otras cavidades* (2017) y de las nouvelles *Zeppelin* (2009), *Prontuario de los pies y de los zapatos* (2012) y *Díptico de la oruga* (2020). Como editor, ha preparado diversas antologías de cuento iberoamericano para editoriales de América Latina y España, entre ellas *Asamblea portátil* (2009), *Kafkaville* (2015) o *Lo sintético* (2019), así como la colección de ensayos académicos *Salón de anomalías. Diez lecturas críticas acerca de la obra de Mario Bellatin* (2013). Actualmente se desempeña como profesor de cine y literatura y dirige la revista cosmicacalavera.com.

www.salvadorluis.net

@UnRaggioLaser

ELEKTRIK GENERATION
2021